KB059242

너와 나의 최후의 전장, 혹은 세계가 시작되는 성전 11
the War ends the world / raises the world
"미리 말해둘게.
지금부터 상연되는 이야기는,
결별이야."
천제 융메룽겐
mperor Yunmelngen
국의 상징이자 최고 권력자. 100년 전에
어난 비극의 진상을 알기 위해 시스벨을
도로 불러왔다.

크로스웰 게이트 네뷸리스
Crosswell Gate Nebulis
광부로서 제도에 돈 벌러 온 소년.
먼 친척인 네뷸리스 자매와 같이 살게 된다.

앨리스로즈 소피
네뷸리스
Alicerose Sophi Nebulis
암전하고 싸움을 싫어하는 성격. 에브의 쌍둥이 여동생. 성숙한 몸매와 분위기로 주변 남자들의 마음을 사로잡는다.
"본인의
놀이 상대가
되어 다오."
"이 자식들이
뭐 하는 거야?"
에브 소피 네뷸리스
Eve Sophi Nebulis
밝고 천진난만. 앨리스로즈의 쌍둥이 언니. 여동생에 비해 다소 유치한 구석이 있는 활발한 소녀.
융메룽겐
Yunmelngen
뭐든지 마음대로 가질 수 있기 때문에 지식욕이 무척 강하다. '새로운 에너지'가 병약한 체질을 개선시켜주지 않을까 기대하고 있다.

"——이제는
일각의 여유도
없어."
"……나의 성령으로,
이 땅의 100년 전의 모습인지
뭔지를 비춰주면 되는 거잖아요?"
앨리스리제 루 네뷸리스 9세
Aliceliese Lou Nebulis IX
네뷸리스 황청의 제2왕녀. 린이 없는 상황
에서, 각성한 시조 네뷸리스를 막기 위해 서
둘러 제도로 향한다.
시스벨 루 네뷸리스 9세
Sisbell Lou Nebulis IX
네뷸리스 황청의 제3왕녀. 천제 융메룽겐의
부름을 받고 제도에 와서 등불의 성령으로
100년 전의 제도를 재현하게 된다.

너와 나의 최후의 전장, 혹은 세계가 시작되는 성전 11

the War ends the world / raises the world

사자네 케이 지음
한수진 옮김

커버 그림, 본문 일러스트 | **네코나베 아오**

너와 나의 최후의 전장, 혹은 세계가 시작되는 성전 11

the War ends the world / raises the world

So Se lu, E nes siole Phi yumie.
참으로 다정한 아이.

hiz mis feo tis-kamyu Ec mihas, hiz kuo feo tis-emne Ec Ema,
당신의 아픔을 기억하는 자가, 당신의 의지를 이어받는 자가

rein hiz ole Ec et rein I rein.
당신이 꿈꿨던 꿈의 세계를, 꿈에서 보는 거야.

마녀들의 낙원

「네뷸리스 황청」

앨리스리제 루 네뷸리스 9세
Aliceliese Lou Nebulis IX

네뷸리스 황청의 제2왕녀. 가장 유력한 차기 여왕 후보. 얼음을 다루는 최강 성령술사. 제국에서는 「빙화의 마녀」라고 불리는 공포의 대상. 황청 내부의 온갖 음모에 염증을 내고 있으며, 전장에서 만난 적국 검사인 이스카와의 정정당당한 싸움에 설렘을 느낀다.

린 뷔스포즈

Rin Vispose

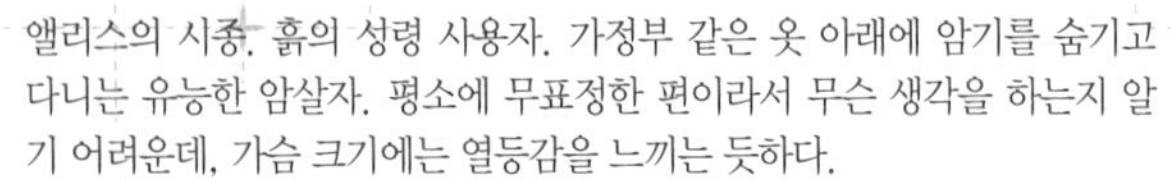

앨리스의 시종. 흙의 성령 사용자. 가정부 같은 옷 아래에 암기를 숨기고 다니는 유능한 암살자. 평소에 무표정한 편이라서 무슨 생각을 하는지 알기 어려운데, 가슴 크기에는 열등감을 느끼는 듯하다.

시스벨 루 네뷸리스 9세
Sisbell Lou Nebulis IX

네뷸리스 황청의 제3왕녀. 앨리스리제의 여동생. 과거에 일어난 사건을 영상과 음성으로 재생하는 「등불」의 성령을 지녔다. 과거에 제국에 붙잡혔다가 이스카의 도움을 받았다.

가면 경 온
On

차기 여왕 자리를 놓고 루 가문과 경쟁하는 조아 가문의 일원. 속마음을 알 수 없는 책략가.

키싱 조아 네뷸리스
Kissing Zoa Nebulis

조아 가문의 비밀 병기. 강력한 성령술사. 「가시」의 성령을 지니고 있다.

샐린저
Salinger

여왕 암살 미수죄로 감옥에 갇혀 있었던 최강의 마인. 현재는 탈옥 중.

일리티아 루 네뷸리스 9세
Elletear Lou Nebulis IX

네뷸리스 황청의 제1왕녀. 대외 활동에 열중하느라 자주 왕궁을 비운다.

기계로 된 이상향

「천제국」

이스카
Iska

제국군 인류 방위기구, 기구 Ⅲ사(師) 제907부대 소속. 과거에 사상 최연소로 제국의 최고 전력「사도성(使徒聖)」 자리에 올랐지만, 마녀를 탈옥시킨 죄로 그 자격을 박탈당했다. 성령술을 차단하는 흑강의 성검과, 마지막으로 벤 성령술을 딱 한 번 재현하는 백강의 성검을 가지고 있다. 평화를 위해 싸우는 올곧은 소년 검사.

미스미스 클라스
Mismis Klass

제907부대 대장. 얼굴이 엄청나게 앳되어서 청소년처럼 보여도 실은 어엿한 성인 여성. 덜렁이지만 책임감이 강하고, 부하들에게도 신뢰를 받고 있다. 볼텍스에 빠지는 바람에 마녀로 변했다.

진 슐라건
Jhin Syulargun

제907부대 저격수. 귀신같은 저격 솜씨를 자랑한다. 이스카와 같은 스승님 밑에서 동문수학한 질긴 인연의 소유자. 성격은 차갑고 냉소적이지만, 동료를 아끼는 마음은 뜨겁다.

네네 알카스토네
Nene Alkastone

제907부대 기계 기술자. 병기 개발의 천재. 아득히 높은 곳에서 철갑탄을 발사하는 위성 병기를 조종한다. 실은 이스카를 친오빠처럼 잘 따르는 천진난만하고 사랑스러운 소녀.

리샤 인 엠파이어
Risya In Empire

사도성 서열 제5위. 통칭「만능 천재」. 검은 테 안경을 쓰고 양복을 입은 미녀. 학교 동기인 미스미스를 마음에 들어 한다.

the War ends the world / raises the world

CONTENTS

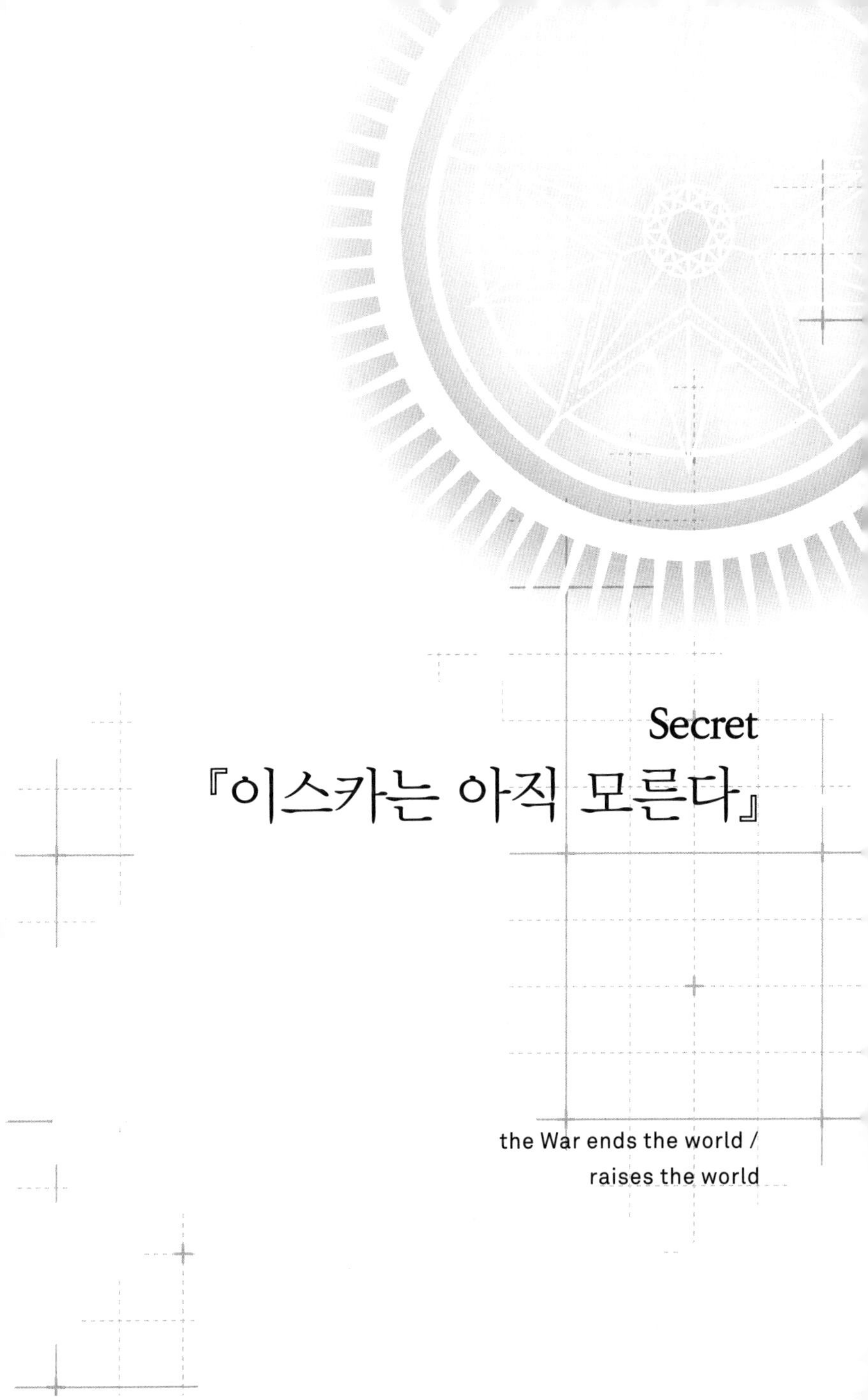

Secret
『이스카는 아직 모른다』

the War ends the world /
raises the world

"잠깐만요! 스승님, 기다려요!"

하얀 숨을 토하면서——.

검은 머리 소년 이스카는 저 앞에서 걸어가는 남자의 뒷모습을 좇아가고 있었다.

노을빛에 물든 대륙 철도 주요역.

여행객들이 오가는 통로에서 이스카가 아무리 빠르게 좇아가도 그 거리가 좁혀지지 않는 것은, 두 사람의 보폭 차이 때문일 것이다.

아직 열한 살밖에 안 된 어린 소년 이스카. 그에 비해 스승님이라고 불린 남자의 키는 거의 190cm였다.

"어휴, 진짜, 왜 그렇게 항상 나를 두고 가요?!"

"…………."

그 남자는 갑자기 멈춰 서서 뒤를 돌아봤다.

"두고 간다고? 누가? 누구를?"

"스승님이! 나를요!"

"…………."

"설마 그것도 눈치를 못 챈 거예요?"

"생각을 좀 하고 있었어."
어휴…….
미안해하는 기색이 전혀 없는 스승님의 그 대답에 이스카는 어깨를 축 늘어뜨렸다.
이 남자는 언제나 이랬다.
변덕스럽고 무사태평하고 늘 은근히 딴생각을 하고 있으며, 어쩌다 입을 열면 항상 권태로운 말투였고——.

제국 최강의 검사이기도 했다.

크로스웰 네스 리뷔게이트.
군살이라곤 하나도 없는 늘씬한 체형과 검은 머리카락. 또 롱코트를 걸치고 있었다.
과거에 사도성 필두였던 시절의 별명은 「흑강의 검투사」였다고 하는데, 그는 그 당시의 이야기를 좀처럼 하지 않았다.
본인 왈, 이야기하고 싶지 않은 것이 아니라 그냥 이야기하기 귀찮은 것이라고 하지만.
『잠시 후 비에르 공화국으로 가는 특별 급행열차가 발차합니다. 티켓을 소지하신 승객 여러분은 승차하셔서 기다리시길 바랍니다.』
"아, 그러고 보니 스승님."
안내 방송을 들으면서 이스카는 문득 스승님을 쳐다봤다.

"우리는 왜 열차에 타는 거예요?"
애초에 이것이 여행인지 원정인지, 그것조차 몰랐다.
바로 엊그제였다. 돌연 "멀리 나가자"라는 말을 듣고 준비를 해온 것까진 좋았는데, 늘 그렇듯이 스승님은 목적을 좀처럼 가르쳐주지 않았다.
"우리가 제국 바깥으로 나가서 뭘 하는데요?"
"제국 바깥을 알기 위해 나가는 것이다."
"제국 바깥을 알면, 뭐가 어떻게 되는데요?"
"…………."
제국 최강의 검사는 주요역 천장을 우러러봤다.
"넌 아직 마녀가 무엇인지 모르잖아."
"……조금은 알아요."
제국인 중에「마녀」를 모르는 사람은 없을 것이다.
성령이라는 미지의 에너지를 지닌「인간이 아니게 된 자들」. 마녀란 것은 성령의 힘을 발휘하는 공포의 존재이다.
――흉포하고 공격적이며 제국을 증오하는 자들.
그런 이미지였다.
왜「이미지」인가 하면, 이스카 본인은 마녀와 대화를 나눠본 적이 없기 때문이다. 모든 것은 제국에서 전해져 내려온 정보였다.
"마녀의 이미지가 잘못됐다고 말할 생각은 없어. 단, 그게 전부는 아니야."
주요역을 오가는 사람들을 둘러보는 스승님.

"제국 사람들이 이야기하는 마녀의 일화란 것은, 대마녀 네뷸리스와 같은 극히 일부의 예외가 일으킨 사건이다. 마녀의 90% 정도는 평범한 인간과 크게 다르지 않아. 이스카, 너는 이 주요역에서 돌아다니는 사람을 보고 무슨 생각을 하냐?"

"……평범한 사람 같은데요."

열차에 타는 회사원과 가족 여행객.

이스카의 눈에는 그저 「평범한 사람」처럼 보였다.

"통계적으로는 마녀와 마인도 여기에 섞여 있을 거다. 그러나 제국인과 하나도 다르지 않을 거야. 어때, 야만적으로 보이냐?"

"아뇨."

"결국 이것도 진실인 거지. 제국에 퍼져 있는 일화도, 네가 지금 눈으로 보고 있는 광경도. 둘 다 잘 기억해둬라."

"…………알았어요."

거짓말이었다.

실은 잘 몰랐다. 왜냐하면 「마녀는 무서운 존재」이니까.

물론 스승님의 가르침도 이해하려고 노력했지만, 제국에서 태어난 이스카로서는 솔직히 말해 아직은 그런 이미지를 떨쳐낼 수 없었다.

"언젠가 알게 될 거야. 이 여행도 그것을 위한 것이니까."

"……네."

스승님의 진의를——.

이스카가 「직접 보고」 이해한 것은, 그로부터 몇 년 후의 미래였다.

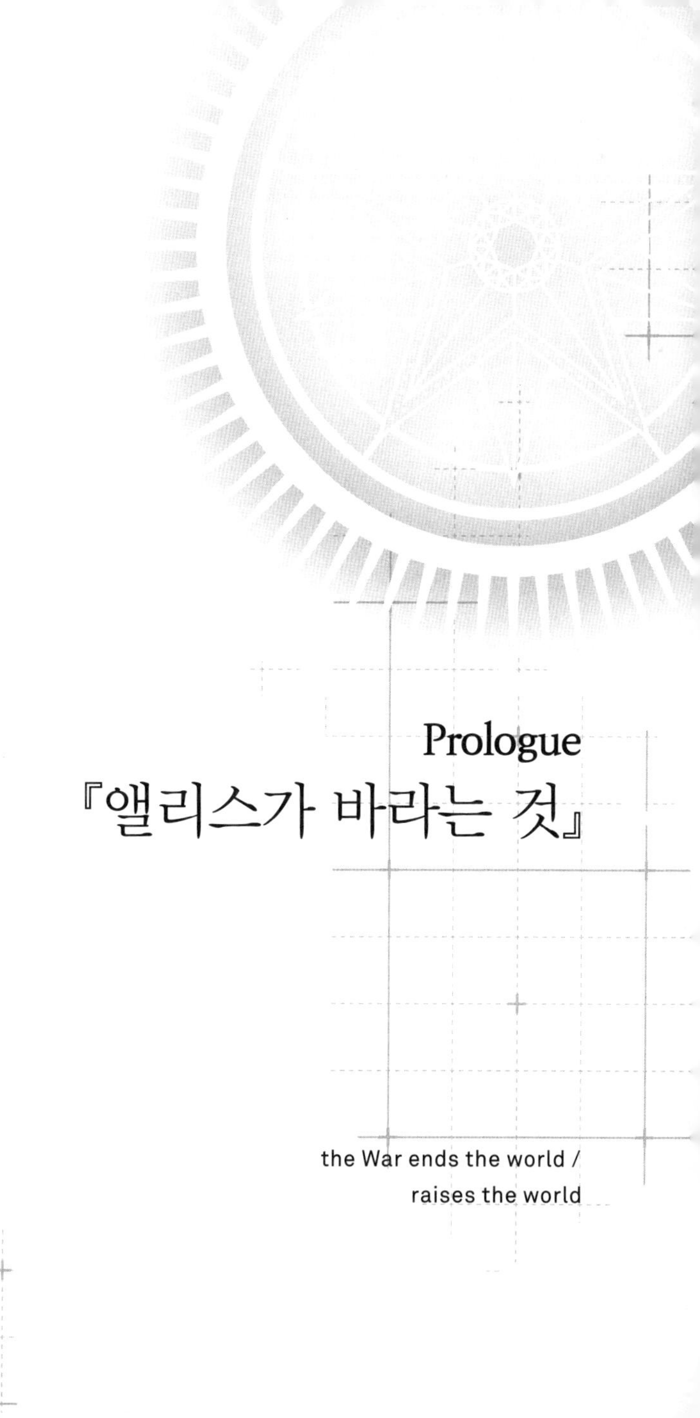

Prologue
『앨리스가 바라는 것』

the War ends the world /
raises the world

"시조."
"당신은 제국을 불태우려는 거지?"

모든 것이 너무 늦었다.

현기증이 날 정도로 심하게 숨을 헐떡거리면서 앨리스는 네뷸리스 왕궁의 1층 홀을 가로질러 안뜰로 뛰쳐나갔다.
"슈바르츠!"
"앨리스 님, 여깁니다."
왕족 전용차라고 불리는 특수 제작 대형 사륜차.
그 문을 열고 앨리스를 맞이한 사람은 정장 차림의 늙은 시종 슈바르츠였다. 그는 오랫동안 루 가문을 모시면서 앨리스의 동생 시스벨의 시종으로서 충성을 다해왔다.
그런 슈바르츠의 주인이 앨리스였다. 지금 이 순간만은.
——현재 앨리스에게는 시종 린이 없었다.
——현재 슈바르츠에게는 주인 시스벨이 없었다.
린과 시스벨은 제도 율메룽겐에 있었다.
앨리스는 그 두 사람을 구출하기 위해 지금부터 황청을 떠날 것이다.

단——.

제국 병사에게서 구출하려는 것은 아니었다.

시조 네뷸리스가 제국을 불태우기 전에, 시조에 맞서서 그 두 사람을 지켜내는 것이 목적이었다.

"어마바바에게는 이미 말씀을 드렸어. 자, 서둘러!"

"네, 즉시 출발합니다."

앨리스를 태운 왕족 전용차가 맹렬한 속도로 안뜰을 달리기 시작했다.

"자르 국제 공항으로 갑니다. 전용기를 타고 일단 제국과 가까운 나라로 날아가서, 거기서부터는 철도를 이용해 제국 국경으로 향합니다."

"그래, 잘 부탁해. 수단 방법을 가리지 말고 무조건 제일 빠른 것으로 해줘."

"네, 그럴 생각입니다……만……."

운전석에서 들려오는 슈바르츠의 음성.

낮게 눌러 죽인 그 음성에는 깊은 우려와 근심이 깃들어 있었다.

"……시조님이 눈을 뜨셨단 말이죠."

"그래, 몇 시간 전에. 내 눈앞에서 사라졌어."

좌석에 등을 딱 붙이고 앉은 채, 허벅지에 올려놓은 주먹에 힘을 꽉 주었다.

"그 대마녀는 제국을 불태워 없애려고 하고 있어. 그곳에 있는 자들을 무차별적으로 없애려는 거야. 그것이 설령 우리의 동지여도, 봐주지는 않을 거야."

"……제국을 멸망시킬 생각이시죠?"
"그 외에 무엇을 하겠느냐?"

제도로 가서 그곳을 모조리 불태워버린다.
……웃기지 마.
……제도에는 린과 시스벨이 붙잡혀 있고, 또 이스카도 있단 말이야!
게다가 황청의 부하들도 있었다.
제국 내부에서 정보를 수집하는 스파이도 많았다. 시조는 그런 사람들까지도 전혀 봐주지 않고 다 불태워버리려는 것이다.
"슈바르츠, 꼬박꼬박 『님』이라고 할 필요는 없어. 그 대마녀는 우리가 경모할 만한 존재가 아니야. 오로지 파멸만을 바라는 재앙이야."
"……설마 그럴 리는 없다고 생각했습니다만."
슈바르츠가 몹시 울적하게 대답했다. 그것도 이해가 갔다.
시조 네뷸리스는 황청의 선조로서 모든 성령술사들을 이끌어주는 희망. 앨리스도 진심으로 그렇게 믿었고, 여왕님도 마찬가지였을 것이다.
하지만 그게 아니었다.

그 마녀는 제국만 멸망시킬 수 있다면 동지의 희생조차 불사하는 인물이었다.

"시조가 제도를 습격한다면 린과 시스벨도 희생될 거야. 또 그뿐만이 아니야. 물론 제국의 피해도 괴멸적일 테지만, 그랬다가는 제국과 우리의 전면전이 시작될 거야."

제국과 네뷸리스 황청.

세계 양대 강대국의 소규모 전투는 세계 각지에서 발생하고 있지만, 적어도 궁극적인 총력전은 아직까진 아슬아슬하게 계속 회피했었다.

전면전이 벌어진다면 주변의 다른 나라까지 끌어들이는 대전(大戰)이 될 것이다.

——세계의 파멸.

그것만은 반드시 피해야 한다.

"명심해, 슈바르츠. 앞으로 우리가 어떻게 행동하느냐에 따라 세계는 크게 변할 거야. 시조를 막지 못한다면 모든 것이 끝장이야."

"……마음에 깊이 새기겠습니다."

"어마마마의 말씀으로는 왕궁 하늘에 떠 있던 시조가 갑자기 사라졌대. 시공 계열의 성령술을 써서 제국으로 날아간 거야."

그런 시조를 쫓아가는 우리.

……상대는 공간이동. 비행기보다도 훨씬 빠르다.

……나는 아무리 서둘러도 제국 국경까지 가려면 꼬박 하루는 걸릴 것이다.

얄궂은 이야기지만.

그 시간 동안에 제국군이 시조를 무사히 막아내기를 바랄 뿐이다.

그런데 또 시조를 막는 일에만 전념할 수도 없다는 것이 골치 아픈 문제였다. 그것도 앨리스를 초조하게 만드는 요인 중 하나였다.

"히드라(태양)는 아직 움직이지 않는 것 같습니다."

백미러를 통해 슈바르츠가 이쪽의 눈을 보면서 말했다.

"여왕님께서 철저히 감시하고 계십니다. 시스벨 님을 납치했던 음모의 주모자이니까요. 항상 루 가문의 정예가 감시하고 있습니다. 그놈들은 태양의 탑에서 단 한 명도 밖으로 나오지 않았습니다. 당주 탈리스만과 미젤히비 왕녀도 마찬가지입니다."

"……관심도 없다는 건가."

히드라 가문의 목적은 콘클라베(여왕 성별 의식)에서 승리하는 것.

그들에게는 차기 여왕으로 선발되는 것이 가장 중요하다. 시조와 제국군이 아무리 심각한 전쟁을 일으켜도 '내 알 바 아니다'란 입장일 것이다.

오히려 시조와 제국군이 맞붙어 싸우다가 둘 다 망하기를 기대하고 있을지도 모른다.

"히드라를 경계하는 일은 이대로 어마마마에게 맡기면 돼. 문제는 조아(달)야."

그렇다.

지금 문제가 되는 것은 가면 경, 그리고 키싱을 옹립하고 있는 조아 가문이었다.

……제국 멸망은 조아 가문의 크나큰 염원이니까.

……시조가 눈을 떴다는 것은, 조아 가문에게는 그야말로 천재일우의 기회일 것이다.

그리고 그들은 **선수를 쳤다**.

"어마마마가 아까 가르쳐주셨어. 달의 탑에 있어야 할 가면 경과 키싱이, 회의 시간이 되었는데도 모습을 드러내지 않았다고."

시조를 뒤따라 성을 나간 것이다.

시조의 복수심을 이용해 제국으로 쳐들어가서, 제국군에 붙잡힌 조아 가문의 당주 그로울리를 구출한다———는 명목으로 전면전을 일으키기 위해.

"제국과 전면전을 벌일 생각입니까?"

"물론이지. 그것이 바로 100년이나 이어져온 성령술사의 염원이니까."

제국에 도착하는 순서——.

1등은 시조일 것이다.

이어서 가면 경과 키싱 등 조아 가문 사람들이 2등, 우리는 3등.

"슈바르츠, 서두르자."

상대에게 확인시키려고 하는 것이 아니라.

자기 자신에게 들려주기 위해서 앨리스는 다시 한번 그렇게 말했다.

"이제는 일각의 여유도 없어."

Chapter.1
『별은 기억한다』

the War ends the world /
raises the world

1

세계 최대의 수도, 제도 융메룽겐——.

이 도시는 세 개의 구역으로 구분되어 있었다.

제1지구는 정치 및 연구기관 집결지.

정책 전권을 쥐고 있는 의회가 소집되고, 제국의 모든 것이 결정되는 장소.

제2지구는 거주 구역.

제도의 백성 중 70%가 사는 곳이다. 주택지 옆에는 세계 유수의 번화가가 펼쳐져 있어서 전 세계의 관광객들이 찾아온다.

그리고 제3지구.

제국군이 상주하는 곳이자, 광대한 연습장이 집중된 장소.

"……마침내 제도에 왔군요."

제2지구의 광장 앞.

수송차에서 내린 시스벨이 하늘을 우러러봤다. 이미 한밤중이었다. 태양은 지평선 저 너머로 가라앉았고, 은은하게 **엷은 어둠**

이 깔린 하늘이 펼쳐져 있었다.

새까만 하늘이 아니었다.

한밤중임에도 불구하고 제도의 하늘은 밝았다.

"이렇게 밤하늘이 밝다니. 지독한 위화감이 느껴지네요……."

시스벨이 반쯤 질린 듯한 말투로 탄식했다.

"번화가 건물들의 불빛이 이렇게 강하면 별빛은 전혀 보이지 않잖아요. 황청에서는 있을 수 없는 일이에요."

"쉿, 남들이 다 듣겠어요. 시스벨 씨."

당황하여 시스벨에게 그렇게 귓속말한 사람은 미스미스 대장이었다.

이곳은 마녀에 대해서는 세상에서 가장 비정한 도시였다. 시스벨의 말을 듣는다면 그 즉시 사방에서 경비대가 몰려올 것이다.

"있잖아, 진 오빠. 우리 진짜 오랜만에 돌아왔다. 그렇지?"

"우리한테는 지겨울 정도로 익숙한 본거지이지."

"……하지만 네네는 말이지, 별로 기쁘지 않은 것 같아. 오히려 긴장돼."

"그래, 중대한 볼일이 있으니까."

진과 네네가 쳐다보는 곳에는 검문소가 있었다.

"자~ 다들 어서 타. 네네땅, 운전은 너에게 맡길게."

수송차 안에서 리샤가 손짓했다.

뺨에는 반창고를 덕지덕지 붙였고, 허벅지에도 붕대를 감고 있어서 아파 보였다.

――팔대사도 루크레제우스와의 전투가 남긴 흔적.

이 제도까지 오는 도중에.

이스카 일행을 기다리고 있었던 것은 천제의 마중……이 아니라, 팔대사도의 덫이었다.

제국은 완벽하게 통일된 조직이 아니었다. 천제 융메룽겐에게 덤벼들기 위해 팔대사도는 호시탐탐 계속 기회를 엿보고 있었다.

……팔대사도 루크레제우스의 전뇌체(電腦體)는 소멸했다.

……이로써 우리는 팔대사도와 명확하게 결별한 셈이다.

제도에서도 방심할 수는 없었다.

언제든지 팔대사도의 사주를 받은 자객에게 공격당할 위험성이 존재하므로.

"네네땅, 천수부의 위치는 알지?"

"으, 응……."

"좋아, 출발하자! 천제 폐하가 기다리고 계셔."

수송차가 움직이기 시작했다.

이스카를 비롯한 제907부대와 시스벨, 천제의 참모 리샤를 태우고.

"어? 뭐야, 이스캇치."

맞은편에 앉아 있는 리샤가 이쪽의 얼굴을 들여다봤다.

"왜 그래? 표정이 침울해 보이는데."

"……그 정도는 눈치로 이해해주세요."

"팔대사도한테 싸움을 걸었으니 큰일 났구나~ 하는 거야?"

"그것도 이유 중 하나이지만요."
"천제 폐하를 알현한다고 생각하니까 긴장이 돼?"
"그것도 이유 중 하나이죠."
하지만 둘 다 이미 각오한 것이었다.
그보다도 내 마음속에서 아직 정리되지 않은 문제는——.

"내가 제도에 돌아온 것이 그렇게 놀라운 일이냐?"

검은 머리카락과 검은 코트. 온통 시커먼 스승님.
그 모습이 뇌리에서 사라지지 않았다.
"……그 사람이랑 너무 갑작스럽게 재회해서."
"이스캇치, 네 상사 말이야?"
"상사가 아니라 스승님입니다."
흑강의 검투사 크로스웰.
과거에 천제의 호위병이었고, 성검의 초대 소지자였던 남자.
그는 제국 전체를 정처 없이 방랑하면서 찾아낸「가망 있는」젊은이들을 모아서 훈련시켰다. 그 고문처럼 혹독한 훈련을 끝까지 견뎌낸 사람이 바로 이스카와 진이었다.
진에게는 특별 제작한 저격총을 주고——.
이스카에게는 성검을 주고——.
스승님은 어느 날 돌연 행방을 감췄다.
"우리를 남겨두고 훌쩍 떠나간 사람이었으니까 반대로 어딘가에서 불쑥 나타나도 이상하진 않지만, 설마 이런 시기에…….”

″융메룽겐을 만나러 갈 거면 서두르는 게 좋을 거야.″

너무 갑작스러웠다.

스승님이 우리를 만나자마자 다짜고짜 “천제를 만나러 가라”고 재촉한 것. 그리고 그 호칭도 마음에 걸렸다.

……천제의 참모인 리샤 씨는 「천제 폐하」라고 부른다.

……그런데 스승님은 달랐다.

융메룽겐이라고 부르다니. 마치 친한 친구를 대하는 듯한 말투였다.

“리샤 씨, 당신은 뭔가 알고 있나요?”

“으음…… 뭔가 **사연이 있는 사이**란 것만 알아. 신경 쓰여? 그럼 폐하에게 여쭤보지 그래?”

몹시 무성의하게 말하는 리샤.

그러다 문득 생각난 것처럼 창문을 통해 차 바깥을 바라봤다.

“시간 딱 맞췄네. 네네땅, 저 모퉁이를 돌아서 멈춰줘.”

우뚝 솟아 있는 거대한 건조물.

천수부——통칭 「창문 없는 빌딩」이라고 불리는 건물이 보이기 시작했다.

2

천수부.
100년 전, 시조 네뷸리스가 일으킨 화재 속에서 유일하게 살아남은 건조물이었다.
"나는 웬만한 곳은 얼굴만 보여주면 통과할 수 있는데, 여기는 예외란 말이지."
수송차에서 내리는 리샤.
그녀가 꺼낸 카드형 신분증에는 최첨단 기술의 인증키가 포함되어 있었다. 천제의 참모도 신분을 증명하지 않으면 통행이 허락되지 않는 것이다.
『리샤 인 엠파이어, 통행을 허가합니다.』
"응, 수고해."
리샤가 다시 차 안으로 들어왔다.
"네네땅, 차 출발시켜도 돼. 이 부지를 똑바로 달려가 줘."
"……수명이 줄어든 것 같아요."
네네 대신 누군가가 그렇게 대답했다. 지금까지 숨소리조차 죽이고 있던 시스벨이었다.
"……만약에 저쪽에서 차 안을 보여 달라고 요구했으면……."
"그냥 시치미 떼고 있으면 돼요. 자기가 네뷸리스 황청의 제3왕녀라고 실수로 말하지만 않으면 괜찮다니까요. 그래서 내가 동행하고 있는 거잖아요?"
"그럼 천수부 안에서 경비원이 물어보면 어떻게 해요?"

"아, 아녜요. 천수부 안에서는 무슨 말을 해도 상관없어요."
"네?"
"사람이 없으니까."
적갈색 건물을 턱짓으로 가리키면서 천제의 참모는 태연하게 대답했다.
"천제 폐하의 집에는 사람이 없어요. **왜냐하면 폐하는 알다시피 그런 모습이시니까.**"

천수부 내부.
그 광경을 본 시스벨은 놀라서 눈을 크게 떴다.
"……뭡니까? 이 정적은."
사람이 없었다.
천장에는 감시카메라가 점점이 배치되어 있었지만, 수십 미터나 되는 복도 전체를 둘러봐도 아무도 돌아다니고 있지 않았다.
뚜벅…… 뚜벅…….
발소리만 울려 퍼지는 복도. 경비원과 사무원의 모습은 하나도 보이지 않았다.
"아까 했던 이야기는 이런 뜻인가요? 리샤인지 뭔지 하는 당신."
"사람도 있기는 있어요. 이스캇치는 알 테지만, 사도성이 늘 몇 명은 상주하고 있으니까. 다만 이곳은 보다시피 워낙 넓어서 조우하는 경우도 드물지요."
"……이러고도 용케 경비가 이루어지고 있네요."

"글쎄요, 과연 있을까요?"

선두에서 걷고 있는 리샤가 시스벨을 돌아보며 어깨를 으쓱했다.

"이 제도의 가장 깊숙한 곳에 있는 천수부에 몰래 침입해서, 사도성의 눈을 피해 천제 폐하의 목숨을 노리려고 하는 녀석이."

"…………."

"그러니까 시스벨 왕녀님, 당신도 황청 사람에게는 비밀로 해 주세요. 알았죠?"

"……복잡한 심경이네요."

"자, 이제 거의 다 왔어요."

천수부는 5중 구조.

거대한 건물 내부에는 사중으로 된 탑이 들어가 있는데, 유리 연결 통로를 통과하면서 점점 더 「안쪽」 건물로 들어간다.

제5의 건물 『비상비비상천(非想非非想天)』.

그 문 앞에는 검은색 대좌가 덩그러니 놓여 있었다.

"『천상, 천하, 유제독존(唯帝獨尊)』…… 아. 시스벨 왕녀님. 잠금 해제 암호도 비밀입니다. 이것은 제국 전체를 통틀어도 아는 사람이 30명 정도밖에 안 되거든요."

쿡쿡 웃는 리샤의 눈앞에서 문이 열렸다.

——붉은색 넓은 방.

여기까지 오면서 봤던 무기질적인 건물의 모습과는 완전히 동떨어진 풍경이었다.

은은한 나무판자 냄새와 코를 찌르는 골풀 냄새. 눈이 번쩍 뜨이는 강렬한 붉은색 실내는 왠지 이국적인 광경을 연상시켰다.

그 방 안쪽에서는.

『안녕? 드디어 왔구나.』

은색 수인(獸人)이 다다미 위에 누워 있었다.

마치 고양이와 인간 소녀를 합쳐놓은 것 같은 얼굴. 아기 고양이처럼 눈이 크고 친근한 애교까지 느껴지는 외모였다.

——수인.

괴물 같은 외모였지만, 이 수인이 바로 최고 권력자인 천제 융메룽겐이었다.

『기다리다 지쳤어. 멜른도, 이 소녀도.』

"린!"

천제의 등 뒤에 있는 원기둥.

시스벨이 소리를 지르자, 그곳에 있는 사람들 전원의 시선이 그쪽으로 쏠렸다.

원기둥에 묶여 있는 갈색 머리 소녀.

사람 손목만큼이나 굵은 밧줄로 여러 번 꽁꽁 묶여서 양손과 양발이 구속되어버린 린의 모습이 그곳에 있었다.

"……시스벨 님…… 면목 없습니다……."

붙잡힌 린이 어금니를 꽉 깨물며 말을 이었다.

"적국의 장수에게 붙잡히다 못해 이런 추태까지 보여드리다니……. 제 평생의 불찰입니다……."

"린! 당장 구해줄게요!"

시스벨이 마음을 다잡고 천제를 향해 삿대질했다.

"린을 풀어주세요! 당신이 요구한 대로 나는 여기에 왔습니다. 그렇다면 당신도 인질을 풀어줘야 합니다."

『응, 좋아.』

"네, 풀어줄 마음이 없다고요. 그럼 나도 생각이 있……… 네?"

『좋다니까. 뭐야, 남의 말을 안 듣는 아이네.』

흐아아암 하고 천제가 늘어지게 하품을 했다.

『아, 그런데 멜른은 린을 붙잡아놓진 않았어. 방목하고 있었지.』

"……뭐라고요?"

시스벨이 어리둥절하여 눈을 깜빡거렸다.

"그게 무슨 뜻이죠?"

『이 기둥에 묶여 있는 것도. 자기가 자유롭게 있으면 보기 흉하니까, 너희들이 왔을 때는 오히려 구속당한 상태로 있는 것이 더 낫다면서 스스로 자기를 묶은 거야.』

"악, 이 바보야?!"

그렇게 소리를 지른 것은 장본인인 린이었다.

"그 말은 하지 말라니까…… 어휴, 진짜!"

후드득 떨어져 나가는 린의 밧줄.

그렇다. 처음부터 밧줄은 느슨하게 걸쳐져 있었다. 조금만 힘을 줘도 밧줄이 풀려버리게끔 묶여 있다는 것은 이스카가 보기에도 일목요연했었다.

……진도, 네네도, 미스미스 대장도, 당연히 리샤 씨도 알고 있었고.

……시스벨 혼자만 완전히 속았다.

뒤통수를 맞고 어안이 벙벙해진 시스벨.

그런 시스벨 앞에서 이제는 자유로워진 린이 한쪽 무릎을 꿇고 고개를 숙였다.

"시스벨 님, 보시는 바와 같습니다."

"……당신의 한심한 연극 말인가요? 난 지금 천제보다도 당신에게 먼저 화를 내고 싶은데요."

"보시다시피."

린은 여전히 고개를 숙인 채 이렇게 응수했다.

"이 천제란 자는 **저에게 위해를 가하려고 하지 않았습니다**. 제국의 수장이라는 증오스러운 상대입니다만, 현시점에서는 시스벨 님에게도 해를 끼칠 만한 작자는 아니라고 판단하였습니다."

『——그래, 내가 처음부터 그렇게 말했잖아.』

천제가 느릿느릿 움직였다.

바닥에 누워 뒹굴다가 천천히 상반신을 일으킨 것이다.

『네뷸리스 황청의 제3왕녀.』

"뭐, 뭐예요. 왜 불러요……?"

『그렇게 무서워할 필요 없어. 너도 각오하고 여기 온 거잖아?』

"……무슨 각오 말입니까?"

『「세계 최악의 날」을 볼 각오.』

은색 수인이 일어났다.

시스벨에게, 또 이스카를 비롯한 제907부대와 리샤에게 눈짓하더니.

『따라와.』

3

대륙을 남북으로 종단하는 대륙 철도.

검붉은 황야를 똑바로 가로질러 달려가는 급행열차에서.

"…………."

검은 머리 소녀가 창틀에 손을 대고 가만히 풍경을 바라보고 있었다.

나이는 13~14세 정도일까. 검은 머리카락은 아름답고 반드르르했으며, 몸에 걸치고 있는 드레스는 호화찬란하고 화려했다. 여기에 소녀의 사랑스러움까지 더해져 인형 같은 느낌이 들었다.

눈을 가리는 안대를 쓴 채――.

그 소녀는 열차에서 보이는 풍경을 벌써 한 시간 넘게 계속 바라보고 있었다.

"신기하니? 키싱."

맞은편 좌석에는 검은색 옷을 입은 남자가 앉아 있었다.

키싱이라고 불린 소녀와 마찬가지로 이 남자도 얼굴을 금속제 가면으로 가리고 있었다.

——가면 경 온 조아 네뷸리스.

조아 가문의 당주 대리인인 이 남자와, 조아 가문이 옹립하는 여왕 후보 키싱.

"그러고 보니 너는 열차에 타는 게 처음이지."

"……네. 숙부님."

고개를 끄덕이는 소녀.

그녀는 상대를 돌아보려고 했는데, 그걸 제지한 사람은 바로 가면 경이었다.

"아냐, 그대로 있어도 돼. 처음 보는 장소이니까. 마음껏 즐기렴."

"……숙부님. 저 도시는 뭐죠?"

키싱이 가리킨 것은 지평선의 저쪽 끝이었다.

검붉은 황야의 머나먼 저편에서 희미하게 도시로 추정되는 건물들이 보였다.

"중립도시 에인인 것 같구나. 문화와 예술이 꽃피는 도시야."

"……문화와 예술?"

"그래. 하지만 별로 추천하고 싶지는 않아. 이곳은 제국 영토와 아주 가깝거든. 휴가를 받은 제국 병사들과 딱 마주칠 가능성이 있는 장소야."

"그러면 제거할 겁니다."

"그렇게 귀찮은 일은 안 해도 돼. 왜냐하면 지금부터 우리는 제국군의 근본을 때려 부술 거니까."

제국 영토——.

그중에서도 제도 융메룽겐에 대한 총공격을 개시한다.

이 열차에 타고 있는 것은 조아 가문의 단독 전력이지만, 그래도 키싱을 필두로 한 정예군이라고 할 만한 성령부대였다.

"시조님과 제국군의 격돌이 시작된다. 제국군은 총력을 기울여 시조님을 막으려고 할 거야. 그 틈에 우리는 당당하게 제도를 침공할 수 있어."

"……네."

"지금쯤 여왕도 우리의 움직임을 감지했을 거야. 그래서 우리를 막으러 오는 사람은 누구일까? ……아, 그래. 앨리스 군이라면 흥분해서 미친 듯이 쫓아올 것 같군."

루 가문은 제국과의 전면전을 원하지 않는다.

그러므로 시조와 조아 가문을 막으려고 끼어들 것이다.

"하지만 늦었어."

지금 황청을 출발해봤자 늦었다.

"돌아가라, 앨리스 군. 자네가 무슨 짓을 해도 시조님을 막을 수는 없어. 쫓아와봤자 자네가 보게 되는 것은, 제국이라는 이름의 초토일 것이다."

고도 1만 미터.

솜처럼 폭신하고 산처럼 거대한 운해.

그 장대한 경관 속에서 활공하는 항공기. 네뷸리스 왕가의 전용 제트기에는 왕족 전용 탈의실이 설치되어 있었다. 그 안에서——.

"앨리스 님, 준비가 다 되었습니다."

"……그래. 그럼 부탁해."

앨리스는 얇은 속옷만 입고 서 있었다.

맨살이 거의 다 노출된 등. 그곳에 소녀 시종이 신중한 손놀림으로 밴드를 붙였다. 앨리스의 등에 있는 날개 모양의 성문(星紋)을 가리기 위해.

찰싹 하고 등에 달라붙는 차가운 감각.

냉각 시트처럼 차가웠다. 이 밴드를 붙이는 행위는 마치 아이가 주사를 맞는 행위 같다고 앨리스는 생각했다. 「꾹 참아야 하는」 순간인 것이다.

앨리스의 성문은 유난히 컸다.

언니보다도, 동생보다도, 어머니보다도. 어쩌면 왕가의 그 누구보다도 더 클지도 모른다.

이만한 성문을 가진 사람이 달리 있냐고 하면——.

……시조의 성문.

……나와 같은 날개 형태. 등을 뒤덮을 정도로 거대했다.

성문의 크기와 성령의 강함은 어느 정도 비례한다.

작은 성문에 강력한 성령이 깃드는 경우는 얼마든지 있지만,

큰 성문에 약한 성령이 깃드는 경우는 거의 없었다.
……나는 내 성문이 자랑스러워. 성령술사의 증표이니까.
……하지만 오늘은 예외적으로 복잡한 기분을 느꼈다.
지금부터 자신은.
그 누구보다도 자신과 가장 비슷한 성문을 가진 사람을, 강제로 막으러 가야 하니까.
"드레스입니다."
"응, 고마워."
시종이 건네준 드레스를 입기 시작했다.
평소 같으면 이런 작업에는 능숙한 린이 곁에 있을 것이다. 그러나 오늘만은 자기 혼자 서툴게 이 드레스를 입어야 했다.
"여왕님의 연락이 왔습니다."
드레스를 입는 앨리스 옆에서.
루 가문의 시종인 소녀가 조그맣게 말을 이었다.
"가면 경으로 추정되는 남자가 제국행 급행열차에 타는 모습이 목격되었다고 합니다. 또 그와 동석하는 조아 가문 사람들도 다수 확인됐습니다."
"열차 도착 시각은?"
"아마도 네다섯 시간 후에는 제국 국경에 도착할 겁니다."
"……알았어."
어금니를 악물었다.
역시 선수를 빼앗겼구나. 조아 가문은 항공기 비행을 마치고

열차로 갈아탔는데, 나는 아직도 항공기를 타고 하늘 위에 있었다.

……조아 가문뿐만이 아니다.

……시조도 벌써 옛날에 제국으로 향했을 것이다. 언제 제국군과 전투를 시작해도 이상하지 않다.

웃기지도 않은 일이었다.

제국과 더불어 린과 시스벨까지 잃어버릴 수는 없었다. 게다가――.

"이제는 지긋지긋해. 시조인지 뭔지는 몰라도 나의 이스카를 건드린다면, 이번에는 정말로 용서하지 않을 거야."

"저, 앨리스 님?"

"아. 저, 저기, 아무것도 아냐!"

감정이 북받친 나머지 무심코 소리를 냈나 보다.

시종이 의아한 것처럼 얼굴을 들여다보자, 앨리스는 허둥지둥 손을 내저었다.

"……그냥 혼잣말이었어."

머나먼 제국.

이 세상에서 가장 증오스러워야 할 그곳을 떠올리면서 앨리스는 복잡한 감정을 느꼈다.

4

천수부――.

그곳에 모인 사람들 전원은 천제 융메룽겐을 따라 엘리베이터에 탑승했다. 그것은 천제의 방과 직결된 엘리베이터였다.

밑으로, 밑으로, 밑으로.

지하로.

아니다. 그곳은 지저라는 표현이 더 잘 어울리는 장소였다.

엘리베이터에 표시된 숫자도 「지하 1층」「지하 2층」이 아니었다. 심도(深度) 400m라는 지하의 깊이가 직접적으로 표시되어 있었다.

"……우리를 어디로 데려가려는 건가요?"

『응?』

엘리베이터 한가운데에 서 있는 천제가 시스벨을 돌아봤다.

『그거야 뭐, 어쩔 수 없잖아? 시스벨 왕녀. 성령으로 과거를 보려고 해도 유효 범위가 있다고 했으니까. 네가 있는 곳에서 반경 3,000m라며?』

"……네, 그래서 어디까지 내려가려는 거죠?"

『멜른이 보고 싶은 것은 지하 5,000m에서 발생한 과거의 사건이야. 음, 그래. 네 능력의 범위를 고려한다면 지하 2,000m 정도까지는 내려가야겠네. 아, 마침 도착했어.』

지하 2,000m.

엘리베이터 문이 열리자, 그 앞에는 엷은 어둠이 깔린 텅 빈 대형 홀이 펼쳐져 있었다.

"우와. 천수부 바로 밑에 이런 지하실이 있었다니. 나도 여기에는 처음 온 것 같네."

신기하다는 듯이 주위를 둘러보는 리샤.

그 앞에서 천제 융메룽겐이 느긋하게 걸음을 옮겨 홀 중앙으로 나아갔다.

『자, 도착했다. 시스벨 왕녀. 알지?』

"……나의 성령으로, 이 땅의 100년 전의 모습인지 뭔지를 비춰주면 되는 거잖아요?"

『맞아. 전부 다 비춰줘.』

은색 수인이 이쪽을 돌아봤다.

『시조 네뷸리스의 탄생. 멜른의 탄생. 흑강의 검투사 크로스웰의 탄생. 그리고 성검이 만들어지게 된 경위. 뭐든지 전부 다.』

"…………."

꿀꺽. 시스벨이 숨을 들이켰다.

가슴팍의 단추를 풀더니, 쇄골 밑에 붙여뒀던 성문 은폐용 밴드를 떼어냈다.

——등불.

마녀의 증거인 성문이 은은한 빛을 점점 강하게 발했다.

"한 가지 확인할 것이 있습니다. 등불의 성령으로 100년 전 사건을 무차별적으로 재현하라는 건가요? 당신이 알고 싶은 구체적인 인물이나 장소를 나에게 가르쳐주는 것이 좀 더 효율적일 텐데요."

『아하, 그렇구나. 그럼 초점을 맞출 인간은 멜른으로——.』

천제가 그렇게 말하려다가 갑자기 짝! 하고 손뼉을 쳤다.

『뭐야, 있었네. 딱 좋은 남자가 있었어. 너희들, 크로를 만났지? 냄새가 아직 남아 있어.』

“네? 그게 누구예요?”

시스벨은 어리둥절하여 멍하니 서 있었다.

네뷸리스 황청의 왕녀는 그 「크로」가 누구인지 모르는 것도 당연했다.

그래서——.

“크로스웰.”

시스벨도 이해할 수 있도록 이스카가 그 이름을 정확히 말했다.

“우리도 좀 전에 만났잖아? 나와 진의 스승님.”

『그래. 그 녀석이 모습을 드러냈다는 것은 그런 뜻이야. ‘나를 보라’는 거지. 그 녀석의 과거를 거슬러 올라가면 모든 것을 알 수 있을 거야. 단——.』

위협적인 어조로.

인간이 아닌 형태의 수인은 이런 말을 덧붙였다.

『미리 말해둘게. 이것은 재미있는 영화를 보는 기분으로 볼 만한 것은 아니야. 지금부터 상연되는 이야기는, 결별(배드 엔딩)이야.』

홀이 빛으로 감싸였다.

시스벨의 가슴에서 생겨난 성령의 빛이 그곳에 입체적인 영상을 비춰내면서——.

100년 전의 제국이 되살아났다.

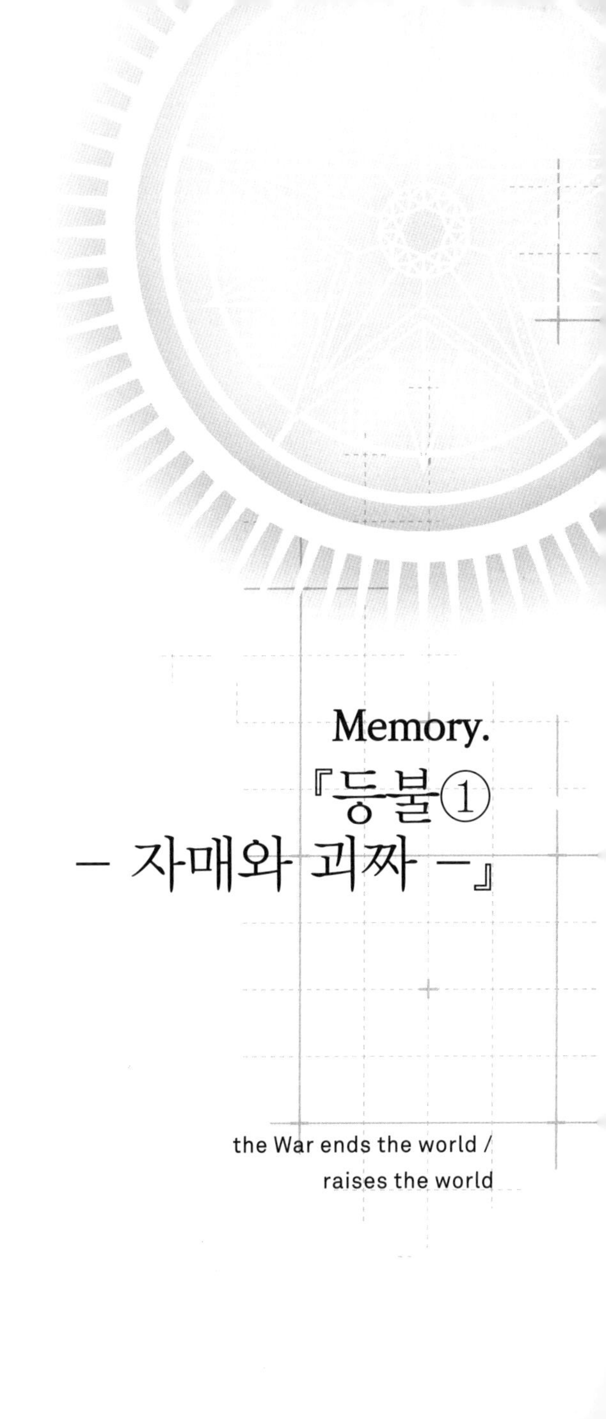

Memory.
『등불①
— 자매와 괴짜 —』

the War ends the world /
raises the world

1

단일 요새 영역「천제국」.

통칭「제국」이라 불리는 이 나라는 현재 광맥에서 연이어 발견된 대량의 철광석 및 희유금속 덕분에 역사상 유례없는 고도의 기계화가 이루어지고 있었다.

기계도, 건물도, 또 병기까지도.

온갖 것들이 철을 중심으로 한 금속 자원에 의해 생산되었다.

그렇기에 제국은 인간을 원했다.

더 많은 자원을 채굴하기 위해, 광산에서 일하는 젊은이를 전 세계에서 긁어모았다.

——크로스웰 게이트 네뷸리스.

당시에는 아직 열다섯 살이었던「이스카의 스승님」도 이 제국으로 돈 벌러 온 소년 중 하나였다.

2

제도 하켄베르츠——.

수많은 복합건물이 잔뜩 늘어서 있는 11번가.

목조 주택, 경량 철골 조립식 건물, 새로 지어진 강철 빌딩이 한꺼번에 무질서하게 들쭉날쭉 밀집해 있는 대로(大路).

그 길 어딘가에서 검은 머리 소년 크로스웰은 지도 한 장을 한 손에 들고 걷고 있었다.

……찰싹.

신발 밑창에 뭔가가 끈적끈적하게 달라붙는 감촉. 누군가가 뱉은 껌일 것이다. 아니면 페인트? 가구용 접착제?

판별할 수 없었다.

그 정도로 제도의 대로는 완전히 「엉망진창」이고, 잡다하고, 소란스러웠다.

"……게다가 매캐한 냄새도 나."

공장에서 나오는 연기일 것이다.

채굴된 철을 가공하는 공장이 여기저기 널려 있어서, 약품 냄새와 그을음 냄새가 진동하고 있었다.

"물론 알고는 있었지만, 내가 이렇게 더러운 도시에서 살게 되는 건가……."

배낭을 등에 메고 계속해서 걸었다.

주택가로. 아니, 주택가라고 해봤자 커다란 저택이나 고급 아파트 같은 것은 없었다. 하룻밤 만에 세워진 듯한 간이 주택들밖에 안 보였다.

이곳은 제국으로 돈 벌러 온 젊은이들의 임시 숙소가 밀집된 지역이었다.

그중에서도 특히——.

크로스웰이 방금 도착한 집은 굉장했다. 나쁜 의미로.

"……뭐야? 이 잡동사니 저택은."

얇은 철판을 구부려 어설프게 집 형태로 만들어놓은 간이 주택이었다.

금속판 한 장——.

비바람에 의해 벽이 여기저기 녹슬어 변색된 상태였다.

"이게 진짜 집이야? 헛간이나 창고가 아니라? 시골에 있는 깔끔한 개집이 이거보다는 더 낫겠는데……?"

오늘부터 여기가 우리 집이다.

그런 현실을 충분히 받아들이지 못한 채 크로스웰은 머뭇머뭇 문을 두드렸다.

그러자 금방 누가 대답했다.

"없어요."

"……응?"

"없어요. 부재중이에요."

어린 소녀의 목소리. 음질 자체는 귀여웠지만, 나 지금 화났어요! 하고 주장하는 듯한 가시 돋친 말투였다.

"아니, 잠깐만, 분명히 있잖아?! 대답하고 있으니까!"

다시 노크했다. 이번에는 주먹으로 때리듯이 격렬하게.

"이봐, 문 열어줘!"

"없어요."

"거짓말!"

"전기, 수도, 가스 요금은 5일 후에 급료가 나오니까 그때 낼게요. 권유나 강매 같은 것이라면, 그런 것에 쓸 돈은 없으니까 10년 후에나 다시 오세요."

"아니, 나는……."

"거참 시끄럽네——————!"

누가 문을 뻥 차서 열었다.

탁한 금빛 머리카락을 지닌 갈색 소녀가 마치 로켓이 발사되듯이 힘차게 문을 걷어차고 튀어나와서 그대로 이쪽의 안면으로 돌격했다.

"으억!"

날아차기 공격을 당해 쓰러지는 크로스웰. 그 얼굴 위를 가로지르듯이 두 다리를 벌려 착지한 소녀는 이쪽을 내려다보면서 "어라?" 하고 고개를 갸웃거렸다.

"뭐지? 어디서 본 것 같은 얼굴인데."

"…………."

콧대를 걷어차이는 바람에 기절할 정도로 아팠는데.

그런 크로스웰의 얼굴을 들여다보면서 자세히 관찰하더니.

"아, 뭐야. 너 크로였냐?"

갈색 소녀는 아하하 웃었다.

——에브 소피 네뷸리스.

먼 친척이자 열다섯 살 소녀인 누나. 그녀는 2년 전에 만났을 때와 비교해보면 외모도 성격도 전혀 변하지 않은 것 같았다.

"우와~ 추억이 떠오르네. 나 참, 비실비실한 주제에 덩치만 커져 가지고. 예전에 같이 목욕탕에 들어갔을 때도 샴푸하기 싫다고 도망쳤으면서~."

"……코가 아파."

"아니 뭐, 잘 왔어. 이 제도는 길이 참 복잡한데. 길 잃을 뻔하지 않았어?"

에브가 깔깔 시원하게 웃었다.

"오늘부터 **우리 셋이 가족이 되는 거구나**. 좋아, 즐겁게 지내보자?"

잡동사니 저택(크로스웰의 작명).

그 안으로 초대되어 들어갔다.

"……아직도 아파."

"아하하! 야, 너무 화내지 마. 그냥 내 무릎이 네 코에 닿았을 뿐이잖아?"

"……다정한 누나라고 생각했던 내 추억은 어쩔 거야."

"아~ 다정한 누나입니다. 봐, 물도 마시라고 주잖아?"

이런 때에는 보통 차를 내주지 않아?

크로스웰은 목구멍까지 치밀어 오른 지적 한마디를 애써 삼켰다.
차 같은 고급 기호품은 없었다. 커피는 아예 꿈도 못 꿀 것이다. 이 방 안을 둘러보면 그 정도는 불 보듯 뻔했다.
"……어, 저기."
친척 누나 에브가 꺼낸 컵은 맨바닥에 놓여 있었다.
"테이블도 없어?"
"그런 것이 있으면 잘 때 방해되잖아? 안 그래도 집이 좁아 터졌는데."
바닥에 앉을 때도 쿠션 따위는 없었다. 찬 바닥에 직접 앉아야 했다.
참고로 이 집의 가구는 세탁기와 냉장고, 거의 이 두 개가 전부였다.
테이블도 없고 책장도 없었다.
옷장이 없다 보니 옷들은 적당히 개어 방구석에다 쌓아놓고 있었다. 아무리 봐도 속옷처럼 생긴 것도 아무렇게나 놓여 있어서 사춘기 소년 크로스웰은 눈 둘 곳을 몰랐는데, 정작 에브는 그런 쪽에는 둔감한 것 같았다.
"뭐, 어쩌겠어? 이게 바로 제도로 돈 벌러 온 젊은이의 일반적인 생활인걸."
"……제국에서의 생활은 좀 더 희망찬 것일 줄 알았어."
"그건 중산층 이상일 때의 이야기지?"
친척 누나가 가볍게 부정해버렸다.

"하지만 광부 아르바이트는 다른 나라보다 훨씬 더 급료를 많이 받을 수 있어. 그래서 우리도 제국에 일하러 온 거고. 크로, 너도 마찬가지잖아?"

"급료가 많은 것치고는 이 집 상태가……."

"급료의 절반 정도는 고향에 송금하고 있으니까. 에이, 뭐 어때? 다 무너져가는 이 집도 막상 살아보면 즐거워. 아, 맞다. 그러고 보니 일이 있는데——."

에브가 짝 하고 손뼉을 쳤다.

방구석에 수북이 쌓여 있는 잡화들과 잡동사니들. 에브가 그 무더기를 헤치고 꺼낸 것은 전동 톱과 전동 네일건이었다.

"자, 받아."

"……받으라니?"

전동 톱과 전동 네일건을 이쪽으로 떠넘기더니, 에브는 너무나 당연하다는 듯이 천장을 가리켰다.

"최근에 지붕에서 비가 너무 많이 새더라고. 아~ 진짜, 일손이 늘어서 다행이야."

"……나 그냥 고향으로 돌아가도 돼요?"

세계 최고의 대국——.

찬란한 고도의 기계화 문명, 그리고 아름다운 도시의 풍경. 그곳에서 일하는 것이 젊은이에게는 최고의 경험(사회적 지위)이다.

크로스웰은 그렇게 믿었고, 그렇게 배웠다.

전 세계의 젊은이들이 제국에 대해 그런 이미지를 가지고 있을 것이다.

"……순 거짓말이잖아."

제국의 번영을 향유하고 있는 것은 중산층 이상의 계급.

주민의 40%나 되는 하층민들은 그날그날 일용직 아르바이트로 생활비를 벌면서, 조립식 가건물처럼 간소한 집에서 살고 있었다.

"……돈 벌러 왔는데. 설마 고향집보다 더 좁고 허름한 집에서 살게 될 줄이야."

잿빛 푸른 하늘을 우러러봤다.

모순된 표현인 것 같지만, 정말로 잿빛 푸른 하늘이라고 할 수밖에 없었다. 제도의 여기저기에 널려 있는 공장에서 연기가 뭉게뭉게 피어나기 때문에 하늘은 늘 흐릿한 어둠으로 덮여 있었다.

"연기에 섞인 유해물질이 하늘로 올라갔다가 비와 함께 내려온다. 그러니까 빗물이 새는 것에 대한 대책은 중요하다……는 말이지."

지붕에 뚫린 큰 구멍 위에다 금속판을 대고 못질을 했다.

이건 어디까지나 응급처치였다. 이런 식으로 구멍을 덮어봤자, 산성비에 의해 침식되면 또다시 금속판이 너덜너덜해질 것이 확실했다.

"어머나? 설마……."

그때 현관 쪽에서 목소리가 들려왔다.

마트 비닐봉지를 손에 든 소녀. 그녀는 지붕 위에 있는 크로스웰을 발견하자마자 표정이 확 밝아졌다.

"아, 역시 크로 군이구나! 슬슬 올 때가 됐다고 생각했어!"

소녀는 이쪽을 향해 힘차게 손을 흔들었다.

"오랜만이야, 크로 군. 너 많이 컸다!"

"앨리스 누나! 오랜만이네."

앨리스로즈 소피 네뷸리스는 에브와 마찬가지로 그의 친척 누나인 소녀였다.

언니 에브와 여동생 앨리스로즈.

쌍둥이 자매라서 얼굴도 키도 똑같다고 기억하고 있었는데.

"어? 왜 그래, 크로 군?"

"아…… 아니, 저, 그게……."

지붕에서 내려가 친척 누나 앨리스로즈와 똑바로 마주 봤다.

정말 솔직한 감상을 말하자면――.

눈앞에 있는 소녀는 지난 2년 사이에 성숙하고 청순가련하게 변해 있었다.

눈부신 황금색 머리카락은 비단실처럼 바람에 휘날렸고, 루비 같은 두 눈동자는 늠름하고 강해 보였다. 단정한 이목구비와 혈색 좋은 입술에서는 기품 있는 섹시한 매력이 느껴졌다.

게다가 몸매도 그랬다.

소녀라고 하기에는 너무나 조숙한 가슴의 볼륨감이 얇은 원피스 너머로 느껴졌다. 솔직히 말해 에브와 쌍둥이라는 것이, 특히 동생이라는 것이 도무지 믿어지지 않았다.

"어, 저기. 앨리스 누나가 언니였던가? 에브 누나가 동생이고?"

"응? 뭐야, 크로 군. 무슨 소리를 하는 거야?"

앨리스로즈가 즐겁게 웃음을 터뜨렸다.

"그런 식으로 말하면 에브 언니가 화낼 거야. 안 그래도——."

"다~ 들—리—거—든—?"

집의 문이 벌컥! 열리더니 쌍둥이 언니가 나타났다.

"야, 크로."

에브가 앨리스로즈의 옆에 나란히 섰다.

"너 말이야, 나를 봤을 때와는 반응이 영 다른데? 왜 앨리스 앞에서는 그렇게 두근두근! 콩닥콩닥! 하는 거야?"

"뭐? 아냐, 그건 오해야……가 아니라, 애초에 에브 누나는 만나자마자 날아차기로 나를 때려눕혔잖아? 반응이 다른 것도 당연하지."

"시끄러워—! 에헴, 내가 앨리스의 언니다. 존경해라!"

허리에 손을 대고 고함치는 에브.

쌍둥이 자매——.

언니 에브는 2년 전부터 키가 크지 않았고, 동생 앨리스로즈는 무척 성숙해졌기 때문에 겉모습만 보면 완전히 앨리스로즈가 언니인 것 같았다.

"나 참—. 네, 그래요. 난 키도 작고 어린애 같아요~!"
뺨을 불룩하게 부풀리면서 토라져버린 에브.
그런 태도가 어린애 같았는데, 그 말을 하면 더 심하게 삐칠 게 뻔했다.
"어휴, 언니. 크로 군이 난처해하잖아……."
"이것도 저것도 다 네가 잘못해서 그런 거야!"
"꺄?! 자, 잠깐만, 언니?!"
에브가 앨리스로즈를 뒤에서 와락 끌어안았다.
그리고 그 언니는, 열다섯 살 소녀치고는 지나치게 풍만한 가슴을 움켜쥐었다.
"이게 뭐야?! 이 커다란 것은 도대체 뭐냐고! 내 영양까지 전부 이 녀석한테 빼앗긴 거야, 그렇지?!"
"어, 언니?!"
가슴을 꽉 붙잡힌 앨리스로즈가 얼굴을 확 붉혔다.
"아, 안 돼……. 크로 군이 보고 있잖아!"
"네가 자랑스럽게 보여주고 있는 거지! 네가 있으니까 나는 언제나 못난 언니, 미숙한 언니란 소리를 듣는 거야!"
"아, 아앗…… 어, 언니, 그만하라니까?!"
그렇게 자매끼리 장난치듯이 싸우는 장면 앞에서.
"……즐거워 보이네—."
크로스웰은 그야말로 국어책 읽는 말투로 그런 반응을 보여줬다.

이것이——.

소년과 네퓰리스 자매의 제도 생활의 서막이었다.

3

제도 하켄베르츠의 일용직 생활.

이곳에는 일거리는 얼마든지 있었다.

그 대표적인 예가 제도의 지하에서 풍부한 철광석이나 희유금속을 채굴하는 일이었다. 제국뿐만 아니라 전 세계에서 노동자들이 몰려와 광부로 일하고 있었다.

"제54차 지원(地源) 관측점에 온 것을 환영한다."

채굴장.

크로스웰을 비롯한 신규 채용자들 앞에서 작업복 차림의 남자가 큰 소리로 말했다.

"내가 현장 감독관인 라비치 폰 그레하임이다. 나도 너희들처럼 일용직 노동자였는데, 제도의 관리 나리에게 높이 평가받아서 이 정도로 승진을 했어. 이것은 꿈이 있는 직업이야. 얼마든지 출세할 수 있으니까——자, 따라와."

제도 한복판에 뚫려 있는 거대한 구멍.

직경 50m. 지상에서 들여다본 그 구멍은 시커멓고, 불길하고, 도대체 얼마나 깊은 곳까지 이어져 있는지 눈으로 확인할 수 없었다.

"……바닥이 없는 구멍이잖아."

너무나 불길했다. '지옥이나 저승과 연결되어 있다'고 하면 믿을 것 같았다.

이것이 지저 채굴장.

바닥이 없어 보이는 커다란 구멍으로 내려간다. 가느다란 케이블로 연결된 엘리베이터를 타고.

지상에서 지하 200m, 300m로.

"이것이 제국의 번영에 이바지하는 최전선이다."

쥐 죽은 듯 조용해진 엘리베이터 안에서 현장 감독관의 목소리만 메아리쳤다.

"통칭『별의 배꼽』. 누가 맨 먼저 그런 말을 꺼냈는지는 몰라도. 너희들은 여기서 제국의 번영에 꼭 필요한 철과 희유금속을 있는 대로 파내면 돼. 어때, 단순한 작업이지?"

"……만약에 이곳을 전부 다 파버리면?"

크로스웰의 순수한 의문.

단순히 그런 의도로 중얼거린 혼잣말이었는데, 현장 감독관이 이쪽을 돌아봤다.

"새로운 에너지로 대체하면 그만이지."

"?"

새로운 채굴장을 찾아내면 그만이지.

그런 대답을 예상했었기 때문에, 크로스웰은 상대의 대답을 전혀 이해할 수 없었다. 새로운 에너지? 그게 무슨 의미일까.

"저기요……!"

크로스웰이 말을 이으려고 했을 때.

덜컹 하는 충격이 발생하더니, 지하로 내려가는 엘리베이터가 멈췄다.

"지저 4,000m의 세계에 온 것을 환영한다."

엘리베이터의 문이 열렸다.

현장 감독관이 손가락으로 가리킨 것은 그야말로 지저 세계.

갈색과 회색이 뒤섞인 암반으로 둘러싸여 있는 채굴장이 그곳에 펼쳐져 있었다.

오렌지색 전등이 켜져 있어서 대낮처럼 밝았지만, 혹시나 전기 케이블이 사고로 끊어진다면 이곳은 틀림없이 밤보다 더 어두운 암흑으로 뒤덮일 것이다.

"너희 신입들이 할 일을 소개해주마. 여기서 드릴(착암기) 정비를 하는 거야."

고개를 젖히고 쳐다봐야 할 정도로 거대한 드릴.

지저를 계속 뚫는 것은 인력이 아니라 기계였다. 여기서 일하는 인간은 전적으로 기계 정비를 위해 고용되는 것이었다.

"……정비 방법은요?"

"다른 광부에게 물어봐. 나는 곧 제도의 관리 나리와 회의를 해야 하니까. 계획 담당자님과의 회의야."

지상으로 돌아가는 현장 감독관.

채굴장에 덩그러니 남겨진 크로스웰과 소녀들. 소녀들은 자신 없는 표정으로 서로의 얼굴을 쳐다봤다.

지저 4,000m의 채굴장——.

광부 C급. 즉 광부 수습생인 크로스웰의 역할은 이 「제도에서 가장 깊은 구멍」에서 드릴을 정비하는 것이다.

"……그런 이야기를 들었는데. 실제로는 그냥 잡일을 하는 거잖아."

정밀기계 수리에 관해서는 전문적인 기계 정비사가 따로 있었다.

이를테면 단단한 암반을 부수기 위해 드릴 비트를 교환하는 작업은, 광부인 자신이 하고 싶다고 해도 허락받지 못한다. 거기에는 손가락 하나 댈 수 없다.

그럼 무엇을 하느냐. 기계 부품을 운송하는 작업이었다.

"급유를 하고, 새 기계 부품을 죽어라 컨테이너 박스에 담고, 고장 난 기계를 지상으로 보낸다. ……그래, 확실히 정비라고 표현하면 꽤 그럴싸한 느낌이지만."

실제로는 오로지 힘만 쓰는 육체노동이었다.

수십 킬로그램이나 되는 기계 부품을 옮겨야 하는데, 또 여기는 지하라서 산소도 부족했다.

그리고 기운이 쭉 빠질 정도로 찜통같이 더웠다.

"……이러면…… 사람을…… 모집하는 것도, 당연하지……."

땀이 끊임없이 흘러내렸다.

채굴 현장 이쪽 끝에서 저쪽 끝까지 왕복하기만 해도 지독하게 피곤했다.

"푹푹 찌는 더위도 심하고…… 흙내랑 기름내도 진동하고…… 이거 완전히 노동환경법 위반이잖아? 이러면 줄줄이 다 그만둬 버릴 거야."

일손이 부족한 이유를 온몸으로 통감했다.

「제국에서 하는 고임금 아르바이트」라는 명목에 혹했던 소년과 소녀가, 너무나 가혹한 노동환경 속에서 버티지 못하고 줄줄이 그만두는 것이다.

"……그래, 여기가 바로 지옥인가……. 나는 지옥에서 일하게 되었구나."

짧은 휴식 시간.

크로스웰은 자신의 체중을 지탱할 기력조차 바닥나서 땅바닥에 털썩 쓰러진 채, 암반으로 둘러싸인 채굴장을 멍하니 쳐다보고 있었다.

"오~. 뻗었냐? 크로."

히죽히죽 웃음기가 밴 목소리.

닳아빠진 셔츠를 입은 에브가, 바닥에 쓰러진 크로스웰을 내려다보고 있었다.

"어때, 일이 진짜로 장난 아니지? 나랑 앨리스도 첫날에는 완전히 쓰러졌었다니까."

“크로 군, 괜찮아?”

이어서 걱정스럽게 내려다보는 앨리스로즈.

그녀도 에브와 마찬가지로 소박한 셔츠 차림이었는데, 땀에 젖어 살짝 상기된 뺨이 무척 섹시해 보였다.

“……우와, 낙차가 굉장하다. 지옥의 악귀랑 하늘의 천사만큼이나 차이가 나.”

“야, 누가 악귀야?”

에브의 굳어진 뺨이 파르르 떨렸다.

참고로 이 자매가 하는 일은, 여기서 일하는 광부들을 위해 물병과 도시락을 나르는 것이었다. 기계 부품 운송만큼 가혹하지는 않아도 그것도 완벽한 육체노동이었다.

“……누나들. 이 지옥에서 몇 년이나 일했어?”

“응? 뭐야, 벌써 그만두고 싶어졌어?”

에브가 그 자리에서 양반다리를 하고 앉았다.

“나랑 앨리스, 둘 다 꼬박 1년쯤 일했을 거야. 50명이 채용됐을 때 1년 후에도 남아 있는 사람은 기껏해야 7~8명 정도일걸?”

“……소수 정예야?”

“1년 동안 계속 근무하면 봉급이 올라가거든. 우리는 돈 벌러 온 처지이고.”

“게다가 그쪽에서 도시락도 주는걸.”

쿡쿡 웃는 앨리스로즈.

“점심값을 절약할 수 있다는 것은 의외로 중요하다는 거, 알아?

또 여기서 샤워 시설도 쓸 수 있으니까. 하루 일을 끝내고 샤워를 하면, 집에서는 목욕을 안 해도 돼."

"아~. 그래. 앨리스, 넌 단골손님이지."

에브의 사악한 미소.

"수도 요금을 절약할 수 있다면서 이쪽의 샤워 시설을 너무 많이 사용하는 바람에 혼나기도 했잖아?"

"어, 언니……?!"

"여기 있는 샤워실은 남녀 공용인데. 남자 놈들은 참 야비하다니까. 내가 샤워실에 줄 서러 가면 아무 반응도 없는 주제에, 앨리스가 줄을 서면 즉시 순서를 양보한다고. 그러면 앨리스도 '감사합니다' 하고 웃기나 하고. 어휴~ 좋겠다, 외모가 잘나서 득을 보니까."

"그, 그건 아니거든?! 크, 크로 군, 오해야, 알지?!"

"시끄러워—! 실컷 매력 발산이나 하고 다니는 주제에, 뭐가 오해란 거야?!"

"꺄악?!"

등 뒤로 이동한 에브가 앨리스의 풍만한 엉덩이를 꽉 붙잡았다.

앨리스의 비명이 채굴장에 울려 퍼졌다.

"아, 안 돼, 언니…… 크로 군이 보고 있잖아!"

"아무 데서나 매력 발산을 하고 다니는 네가 잘못한 거야!"

"다, 다른 사람들도 보고 있어!"

"뭐 어때, 평소에도 늘 보여주고 있잖아?! 이 커~다란 것을! 이런 때에만 부끄러워하는 척하지 마—!"
자매의 귀여운 싸움이 발발했다.
얼굴을 붉히고 도망치는 동생과 그런 동생을 쫓아가는 언니라는 구도. 그것이 쌍둥이의 일상이라는 것을 점점 이해할 수 있게 되어서.
"……난 좀 쉬고 있을게."
크로스웰은 그냥 누운 채 눈을 감아버렸다.

4

제도의 **가장 깊숙한** 채굴장「별의 배꼽」.
지하 4,000m나 되는 정신이 아득해질 정도로 먼 곳에서 노동하는 생활도 눈 깜짝할 사이에 11일째에 접어들었다. 슬슬 일에 익숙해졌을 무렵, 크로스웰의 주변에서도 변화가 일어났다.
직장 동료가 생긴 것이다.
"크로 군, 안녕—?! 오늘도 아침부터 피곤한 얼굴을 하고 있네!"
"……아침부터 누나들 뒤치다꺼리를 하느라 힘들었거든."
옆에서 경쾌하게 달려가는 갈색 머리 소녀 뮈샤.
이 채굴장에서 에브와 맞먹을 정도로 몸집이 작은 이 소녀는 아직 열네 살. 최연소였다. 자기 말로는 "부모님과 싸우고 가출해서 자립하기 위해 일을 하기 시작했다"고 한다.
뭐, 본인은 그런 속사정을 남 일 대하듯이 가볍게 이야기할 정도로 밝고 쾌활한 성격이었지만.

그런데 그때.

지나가던 에브가 끼어들었다.

"야, 크로. 너 조심해. 쟤는 남자만 보면 아무나 가리지 않고 애교를 부리는 녀석이니까."

"뭐야—? 난 누구한테나 애교 있게 대하거든—? 그냥 네가 애교가 없어서 문제인 거지, 이 땅꼬마야!"

"허! 지금 나한테 땅꼬마라고 했어? 땅꼬마는 너잖아!"

그런 두 사람의 말싸움을 즐겁게 구경하면서.

"어때, 사이 참 좋지?"

앨리스로즈가 살짝 쓴웃음을 지었다.

"여기서 일하는 애들은 전부 다 그래. 나이가 비슷하니까 말이 잘 통하고, 같이 밥도 먹고. 그래서 마치 가족 같은 관계야. 물론 크로 군, 너도 포함해서."

"……앨리스 누나. 저 싸움은 안 말려?"

"드레이크가 말려줄 거야."

그 말이 나오기를 기다린 것처럼——.

짝! 하고 손뼉을 치는 사람이 있었다.

"아침 집회 시간이야. 오늘은 모두에게 특별 전달 사항이 있다."

갈색 머리 청년 드레이크.

이 채굴장에서 일한 지 3년. 올해 열아홉 살이 되는 반장(리더)이었다.

"오후에 손님이 오실 거야. 이 채굴장의 상태를 보고 싶대."
"손님?"
어리둥절하여 고개를 갸웃거리는 에브.
"그게 뭐야? 누군데?"
"특별 시찰단. 나도 제국의 높으신 분이라는 이야기밖에 못 들었는데, 라비치 감독관이 아침부터 긴장해서 안절부절못하는 것을 보면 엄청난 고위 관리인가 봐."
"……칫. 내가 제일 싫어하는 족속이군."
"오후에 호령을 할 거야. 그때 부르면, 전원 작업을 중단하고 이곳에 집합해줘."
그리고 해산.
수십 명의 광부들이 각자 일하는 곳으로 갔다. 물론 크로스웰이 하는 일은 기계 부품을 나르는 중노동이었다.
"————."
엄중한 바리케이드로 둘러싸인 거대한 드릴을 올려다봤다.
지난 2주일 동안 광부로 일하면서 이 채굴장의 전모도 슬슬 파악하게 되었다. 그걸 토대로 생각해보면——.
"……역시 이상해."
"야, 크로. 왜 그렇게 넋 놓고 서 있어?"
뒤에서 에브가 팔꿈치로 쿡 찔렀다.
"드레이크 반장은 그렇다 쳐도, 잔소리 심한 감독관한테 들켰다간 크게 혼날걸? 안 그래도 오늘은 시찰단이 온다고 해서 예민

해졌을 텐데.”

“에브 누나, 내가 생각을 해봤는데.”

“야, 아무도 네 감상은 궁금해하지 않거든—? 뭐, 그래도 일단 들어줄게. 뭔데?”

“여기는 정말로 채굴장일까?”

철광석이 채굴된다.

그런 설명을 듣고 우리는 이 지저에 모이게 되었다.

“하지만 나는 정작 그 철광석이 채굴되는 순간은 보지 못했어. 뮈샤랑 드레이크한테도 물어봤는데 다들 마찬가지래. 드레이크는 올해로 3년째인데, 응?”

“———.”

“어쩌면 그 누구도 철광석이 채굴되는 순간은 본 적이 없는 게 아닐까?”

별의 배꼽이라고 불리는 제도의 최심부(最深部).

이곳의 목적은 혹시 철광석 채굴이 아닌 게 아닐까?

“뭔가 다른 것을 캐내려고 하는 것 같아.”

“뭐야. 크로, 너 그런 연구자 같은 생각을 하고 있었어?”

에브가 웃음을 터뜨렸다.

“우리 같은 막일꾼이 그런 것을 생각해봤자 소용도 없잖아, 응?”

“에브 누나. 누나는 신경 안 쓰여?”

“별로 신경 안 쓰이는데? 이 땅을 파고 있는 이유가 철광석이

든, 석유든, 공룡 화석이든 뭐든 상관없어. 그냥 지하를 판다. 우리는 돈을 받는다. 그것이———."

에브의 대답을 가로막듯이.

때마침 엘리베이터 쪽이 소란스러워졌다.

"전원 집합! 이봐, 다들 와서 정렬해!"

라비치 감독관의 우렁찬 목소리가 지하 4,000m의 채굴장에 울려 퍼졌다.

"앗, 큰일 났다……. 벌써 시간이 다 됐나. 아~ 귀찮아."

에브가 혀를 차고 뛰기 시작했다. 엘리베이터를 에워싸는 형태로 줄을 서는 광부들. 크로스웰이 도착했을 때는 이미 전원이 그곳에 정렬해 있었다.

"여기서 대기해. **황태자 전하**가 오시면 모두들 박수로 맞이해라!"

"……황태자?"

"……진짜?! 황태자라니, 설마 그 천제의 아드님 말이야?"

에브와 앨리스로즈가 무심코 서로 얼굴을 마주 봤다. 옆에 있는 뮈샤와 드레이크 반장도 이런 것은 예상하지 못했는지, 뒤통수 맞은 표정을 짓고 있었다.

띵.

크로스웰과 동료들이 머리 위를 쳐다보자, 그쪽에서 온 엘리베이터가 도착했다.

"황태자 전하가 도착하셨다!"

"융메룽겐 전하의 시찰이시다. 전원, 박수!"

맨 먼저 등장한 것은 요인 경호관이었다.
매우 강해 보이는 거한들 십수 명. 모두 양복을 입고 있었다.
그리고 그들의 뒤에서――.
청초한 하얀색 옷을 입고 있는 새파란 머리카락의 황태자가 등장했다.
"헉. 진짜 황태자야?!"
저도 모르게 소리를 질러버린 뮈샤는 허둥지둥 자기 입을 막는 시늉을 했다.
그것을 아는지, 모르는지――.
"안녕하세요."
순진무구한 미소와 맑은 목소리로 황태자가 생긋 웃으며 말했다.
보이소프라노라고 해야 할까. 소녀인지, 아니면 아직 변성기가 오지 않은 소년인지 구별하기 어려운 중성적인 음성이었다.
얼굴 생김새도 마찬가지였다.
아기 고양이처럼 커다란 눈, 작고 올망졸망한 코와 입술.
천제의 외아들이라고 하는데, 지금 그들 앞에 서 있는 황태자는 마치 아름다운 소녀처럼 화사한 분위기를 지니고 있었다.
"역시 진짜 황태자님은 특별한 기품을 가지고 계시는구나."
"……흥, 그러거나 말거나."
감탄한 듯한 앨리스로즈의 혼잣말에 대해 에브가 콧방귀를 뀌었다.

"남자인데 뭐 저렇게 귀엽게 생겼어? 저건 완전히 고생을 한 번도 안 해본 얼굴이야."

"글쎄, 그럴까?"

"그야 당연하지. 황태자잖아? 황태자. 기품이 있는 게 아니라, 그냥 시건방진 얼굴 아냐?"

"……언니보다 더 귀여운 얼굴일지도 몰라."

"앨리스, 너 뭐라고 했어?"

조그맣게 말다툼하는 쌍둥이 자매의 곁에서 떨어져――.

크로스웰은 감독관의 안내를 받는 황태자의 뒷모습을 멍하니 바라보고 있었다.

……이곳을 시찰하러 왔다고?

……철광석 파편 하나조차 채굴된 적이 없는 채굴장인데. **대체 뭘 견학하려는 거야**?

광산도, 채굴장도 이 제국에는 얼마든지 널려 있는데.

그중에서 왜 이곳을 선택한 거야?

"――――."

한 시간 후.

시찰을 마친 황태자가 지상으로 귀환할 때까지, 크로스웰의 머릿속에 자리 잡은 의문은 끝내 해결되지 않았다.

5

제도의 거리가 붉게 물들어 간다.

해 질 녘.

온몸에 진흙을 뒤집어쓴 채 일을 마친 크로스웰과 동료들은 퇴근하려고 했다. 그런데 웬일로 라비치 감독관이 그들을 불러 세웠다.

"뭐?! 우리 모두에게 특별 보너스를 준다고?!"

"그래. 오늘 시찰을 하러 오신 융메룽겐 황태자님이 베풀어주시는 거야. 앞으로도 열심히 일하라는 뜻이다."

"와, 좋아, 열심히 일할래! 고마워요, 황태자님! 아아, 사랑해!"

에브는 보너스가 들어 있는 봉투를 품속에 끌어안고 그 자리에서 폴짝폴짝 뛰었다.

그동안 한 번도 없었던 특별 대우였다.

"아~ 정말 최고다, 황태자님! 나는 처음 봤을 때부터 기품 있는 외모라고 생각했어. 내일도 또 시찰하러 와주시지 않을까? 그리고 또 보너스가 나오지 않을까?"

"……언니는 참 쉬운 여자구나."

그런 언니를 가만히 쳐다보는 여동생.

"야, 앨리스. 오늘은 오랜만에 호화로운 저녁밥을 먹자!"

"뭐? 언니, 저금은 안 하고?!"

"바보야, 저금을 왜 해? 난 내일을 생각하지 않는 타입이야. 야, 크로. 먼저 집에 가서 빨래나 걷어놔. 나랑 앨리스는 마트에 간다!"

"알았어, 그럼 천천히……가 아니라, 벌써 뛰어 가버렸네?"
눈 깜짝할 사이에 멀리 떠나버린 자매의 모습.
그리고 크로스웰은 얌전히 귀가하기로 했다.
보너스가 들어 있는 봉투를 꽉 쥐고, 집을 향해 걸음을 뗐다. 바로 그 순간──.
"어?"
뒤에서 누가 뛰어오는 발소리가 났다.
에브 누나가 돌아온 건가?
그렇게 생각하면서 뒤를 돌아봤는데, 그때 누군가가 크로스웰의 손에 들린 보너스 봉투를 낚아채갔다.
"앗?!"
봉투를 호주머니에 넣어둘걸 그랬다.
그렇게 후회할 틈도 없었다. 보너스 봉투를 꽉 쥔 소년은 그대로 길거리를 통과해 달려갔다. 인파를 헤치고 순식간에 멀리 도망쳤다.
"자, 잠깐만, 기다려?!"
소매치기를 한 것은 몸집이 작은 소년이었다.
수수한 셔츠와 바지를 입고 있었는데, 머리 전체를 감싸는 큰 모자가 특징적이었다. 얼굴을 숨기려고 그런 걸까. 아무튼 쫓아갈 때는 그 모자를 쫓아가면 되었다.
"야, 네가 그걸 가져가면 내가 혼난단 말이야!"
보너스를 도둑맞는 것도 싫었지만, 그보다도 누나들에게 혼나는 것이 더 싫었다.

제도의 길거리를 전력 질주.

저 소매치기는 아무리 봐도 자기보다 나이가 어렸다. 술래잡기를 한다면 속도로 보나 체력으로 보나 자신이 질 리가 없었다.

……하지만. 그것은 몸이 멀쩡할 때의 이야기였다.

지금 크로스웰은 종일 땀 흘려 노동한 직후였다. 전력 질주를 하고 싶어도 할 수가 없었다.

"제기랄, 난 완전히 파김치가 됐는데……!"

거리가 가까워지진 않았지만, 멀어지지도 않았다.

그렇게 인내심 대결을 계속하다가——.

먼저 나가떨어진 것은 소매치기 소년이었다. 그는 모퉁이를 돌아 그 안쪽의 옆길로 들어갔다.

"어? 이 녀석……."

제도의 주민이 아니구나. 이 앞은 막다른 골목이라 계속 가면 벽에 부딪친다. 스스로 붙잡히기로 한 거나 마찬가지였다. 제도의 주민이라면 이것은 누구나 아는 상식일 것이다.

"?!"

예상대로 모자 쓴 소년은 급브레이크를 밟았다.

눈앞에는 세 방향을 가로막는 콘크리트 벽이 있었다. 도망칠 곳은 없었다.

"잡았다, 이 멍청이야!"

"으악! 자, 잠깐만, 졌다. 본인(本人)이 졌어! 항복할게!"

"뭔 소리야. 본인은 또 뭔데? 소매치기 주제에 거들먹거리긴."

뒤에서 상대의 겨드랑이 밑으로 팔을 집어넣어 그놈을 꽉 붙잡았다.

……?

……뭐야? 이 녀석.

몸집이 작다는 것은 알고 있었다. 그런데 직접 끌어안은 소매치기의 몸은, 보기보다 훨씬 더 가냘프고 힘이 없었다.

"이, 이거 놔! 잠깐만, 난폭하게 굴면 모자가――――아앗!"

크로스웰에게 붙잡혀 몸부림을 치는 소년.

그 바람에 깊이 눌러썼던 모자가 벗겨지고 말았다.

부드럽게 휘날리는 선명한 푸른색 머리카락. 그리고 귀여운 외모. 석양빛을 받아 드러난 소매치기의 옆얼굴은――.

"어?! 넌……!"

"……아하하. 들켰네."

황태자 융메룽겐.

채굴장에서 순간적으로 잠깐 마주쳤던 그 황태자가, 지금 눈앞에서 참 난감하다는 듯이 멋쩍은 미소를 짓고 있었다.

그런데. 당연히 크로스웰은 곤혹을 느꼈다.

……아니, 저기요. 잠깐만.

……왜 여기서 황태자가 나와? 왜 소매치기인데? 무슨 일이 일어난 거야?

그 어린애가 의미심장한 눈빛으로 이쪽을 쳐다보더니 말했다.

"저, 저기…… 너, 본인이 누구인지 알지? 그만 놔줘."

"———."

한동안 말없이 생각에 잠겼다가.

크로스웰은 눈앞에 있는 상대를 무조건 '모른다'고 하기로 했다.

"흥, 그냥 닮은 사람이겠지."

"뭐?!"

"난 네가 누구인지도 모르고 기억도 안 나. 내 급료가 든 봉투를 훔친 도둑놈은, 이대로 경찰한테 데려가 신고할 거다."

"~~~~~~?!"

황태자를 닮은 어린애의 얼굴이 눈에 띄게 창백해졌다.

"자, 잠깐 기다려봐! 아, 안 돼, 안 돼. 그런 짓 했다가는 진짜로 큰일 날 거야!"

"그건 네가 자초한 일이지."

"악의는 없었어!"

"나쁜 놈들은 다 그렇게 말해. 어디 보자, 가까운 파출소는……."

"자, 잠깐만! 알았어……. 그럼 거래하자. 본인이 훔친 이 보너스의 열 배가 되는 돈을 지불하마. 그것으로 타협해주면 좋겠어."

"경찰 아저씨, 어디 계세요?"

"본인의 말을 좀 들어봐아아아앗!"

몸부림을 치는 소매치기. 그러나 덩치도 작고 가냘픈 몸이다 보니, 아무리 저항해봤자 크로스웰의 품속에서 벗어날 수는 없었다.

"이보다 열 배나 되는 돈을 지불한다고? 그런 녀석이 애초에 남의 돈을 왜 훔치겠어?"

"아냐, 진짜니까 믿어줘! 본인을 뭐라고 생각하는 거야?!"

"너? 몰라."

"지금 자세히 봐! 본인의 얼굴을!"

그는 보라는 말뿐만 아니라 행동도 했다. 코앞에서 옆얼굴을 마구 이쪽으로 들이댔다.

과연 에브가 「귀여운 얼굴」이라고 평가할 만했다. 예쁜 외모와 반들반들한 긴 속눈썹, 어쩐지 고양이를 연상시키는 사랑스러운 큰 눈동자도 인상적이었다.

소년 같기도 하고 소녀 같기도 한 중성적인 그 얼굴은――.

"황태자 융메룽겐."

"맞아!"

"……을 흉내 낸 가짜잖아. 사기죄도 추가해야겠군."

"아―니―라―고―!"

또다시 버둥버둥 난리를 치는 소매치기.

"이 기품 있는 얼굴, 목소리! 내 신분이 다 드러나는데, 이걸 몰라?!"

"스스로 기품 있다고 말하지 마."

"…………경고한다. 더 이상 본인의 몸에 손대면, 나중에 호위병들에게 '능욕을 당했다'고 말할 거야. 어때, 그래도 좋아?"

"?"

이 소매치기가 지금 무슨 소리를 하는 거야?

만에 하나 이놈이 진짜 황태자라고 쳐도. 황태자라는 것은 이 나라에서는 남자 황자에게만 주어지는 칭호일 텐데.

"정말 무례하구나."

여전히 등 뒤에서 포박당한 채 희한하게 거만한 태도를 취하는 소매치기.

"본인의 몸을 여기저기 실컷 만지고 있으면서, 그래도 모르겠다는 거냐?"

"…………."

이건 확실히 남자의 대사치고는 뭔가 이상한데……. 그래서 지금 자신이 소녀의 몸을 만지고 있느냐 하면, 그런 특징도 느껴지지 않아서 정확히 판단하기가 어려웠다.

"……어휴, 됐다. 나도 슬슬 지쳤어."

붙잡았던 상대를 풀어줬다.

어차피 이곳은 막다른 골목이다. 꽉 붙잡아놓지 않아도 상대가 도망칠 곳은 없었다.

"자, 내 돈 돌려줘."

"하는 수 없네. 다음부터는 도둑질당하지 않게 조심해."

"도둑 주제에 참 거만하게 말하네."

"도둑이 아니라 황태자야."

상대는 보너스가 든 봉투를 순순히 내밀었다.

그리고 땅바닥에 떨어진 모자를 줍더니 손으로 흙먼지를 탈탈

털면서——.

"그 물건을 원했던 것이 아니야. 그것을 훔치면 어떻게 될지가 궁금했어."

"응? 그야 뭐, 나한테 붙잡히는 게 당연하잖아?"

"본인은 알고 싶었다. 갑자기 자기 물건을 도둑맞으면 민중은 어떤 반응을 보여줄지. 크게 소리를 지를지, 난리를 칠지. 그리고…… 그 도둑이 본인이라는 사실을 눈치채면 어떻게 반응할지. 깜짝 놀라면서 사과하려나? 하고 생각했지."

"……뭐?"

"본인은 물욕이 없어."

손에 들고 있는 모자를 품에 안는 황태자 융메룽겐.

"이 모자도, 옷도. 황태자이기 때문에 원하는 것은 뭐든지 손에 넣을 수 있어. 그래서 오히려 물욕이 없는 거야. 그보다는 모르는 지식을 얻는 것에 관심이 있어."

"……지식욕에만 올인 한 거야?"

와, 정말이지. 황태자답게 비현실적인 고민이구나.

방금 그 발언을 에브가 들었더라면 틀림없이 망설이지 않고 날아차기를 했을 것이다.

……아무래도 이건 황태자 본인인 것 같네.

……이렇게 이상한 소매치기 이유. 남들은 그리 쉽게 떠올리지도 못할 것이다.

가짜가 아니었나 보다.

오늘 낮에 시찰을 왔던 진짜 황태자 융메룽겐이었다.

"아니, 잠깐만. 상대가 누구든지 간에, 내 보너스를 빼앗은 죄는 사라지지 않아."

"그건 좀 봐주라, 응?"

마치 아기 고양이가 밥 달라고 조르는 것처럼 이쪽을 빤히 쳐다보는 황태자.

"아, 맞다!"

그렇게 생각하자마자 황태자가 짝! 하고 손뼉을 쳤다.

"혹시 네가 봐준다면, 본인이 너에게 크나큰 명예를 안겨주마!"

"명예? 뭔데?"

"본인의 말벗이 될 권리!"

짝! 하고 황태자가 팔을 벌렸다.

"마침 그런 상대를 찾고 있었거든. 아바마마는 언제나 바쁘시고. 본인은 지루함을 달랠 수 있을 테고, 민중의 정세도 알 수 있을 테니까."

"잠깐만. 그건 나에게는 이득이 없잖아?"

"본인의 말벗이 될 수 있다. 그것 자체가 이 세상에서 가장 행복한 일이잖아?"

"…………."

반짝반짝.

눈을 빛내면서 이쪽을 쳐다보는 융메룽겐. 크로스웰은 그를 차갑게 내려다보더니.

“좋아, 정했어.”

상대의 손목을 꽉 붙잡아 올렸다.

“역시 경찰서로 데려가야겠다.”

“대체 왜——————?!”

제도 생활.

쌍둥이 네뷸리스 자매, 그리고 한 명의 괴짜와 함께 지내는 나날이 시작됐다.

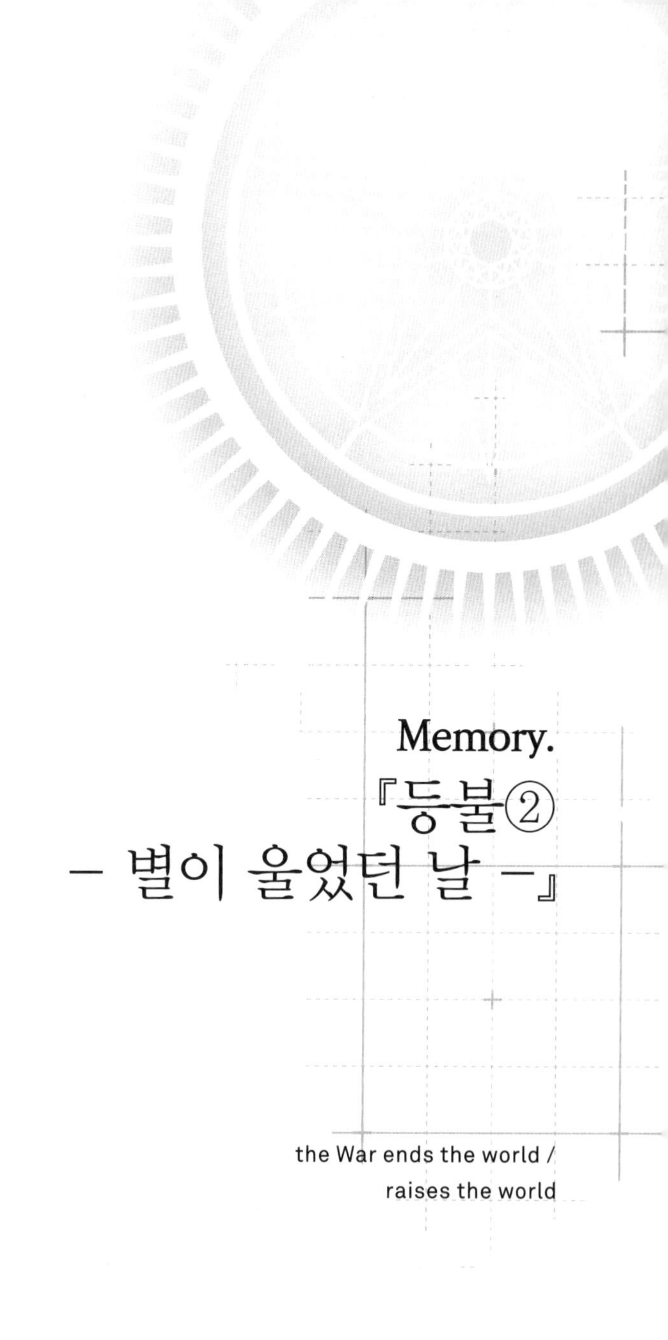

Memory.
『등불②
– 별이 울었던 날 –』

the War ends the world /
raises the world

1

제도에서 살게 된 지 5주일이 되었을 때.

크로스웰의 생활에 새로운「일상」이 더해졌다.

주 6일은 채굴장 아르바이트. 남은 하루는 오전에는 집 청소와 빨래를 해치우고, 또 일주일 치 밥반찬을 미리 만들어 보존용 팩에 넣어둔다.

여기까지 일을 마치고 나서——.

"야, 크로? 너 어디 가?"

"……산책."

친척 누나 에브에게 조용히 그렇게 대답한 뒤 크로스웰은 집에서 빠져나왔다.

그의 목적지는 제도 11번가의 막다른 골목이었다. 그렇다, 그「소매치기」와 맨 처음 대화를 나눴던 장소였다.

늘 만나는 공터.

그곳에 도착한 순간, 야옹~ 하는 참 귀여운 소리가 들렸다.

"아하하, 너희들은 고생도 안 하고 살 것 같구나."

길고양이에게 밥을 주는 황태자 융메룽겐. 처음 만났을 때와 마찬가지로 소박한 변장용 옷과 얼굴을 가리기 위한 커다란 모자를 착용하고 있었다.

"아, 크로!"

이쪽을 보자마자 융메룽겐이 기뻐하면서 모자를 벗었다.

"어느 쪽이 고양이인지 모르겠네."

"응—? 그게 무슨 뜻이야?"

불만스럽게 나를 흘겨보는 융메룽겐.

그런데 실은 기분이 나쁘지도 않은가 보다. 즐겁고 신이 난 것 같은 말투였다.

"에이 뭐, 됐어. 자, 이리 와봐."

높이 쌓인 폐자재 쇠기둥을 의자 삼아.

그곳에 앉은 융메룽겐이 자기 옆을 가리키면서 "여기 앉아" 하고 손짓했다.

——황태자의 말벗.

그것이 최근에 두세 번쯤 계속되어온 새로운 일상이었다.

화자는 늘 융메룽겐이었고 크로스웰은 그 이야기를 들었다. 가끔 융메룽겐이 이야기하다 지쳤을 때는 크로스웰이 시시한 잡담을 해줬다.

"대중탕이란 것이 궁금했어. 어, 알다시피 본인은 항상 혼자서 커다란 욕실을 쓰게 되어 있잖아?"

"당연히 내가 알 거라는 식으로 말하는데, 글쎄. 난 너의 입욕

사정이 어떤지는 몰라."

"지금 가르쳐줬잖아."

너무나 태연하게 이야기를 계속하는 융메룽겐.

"여탕을 엿보고 싶었어. 엿보면 어떻게 될까? 하고."

"……뭐라고?"

"그랬다가 들켜서 엄청난 소동이 일어났어."

그는 에헤헤 하고 혀를 쏙 내밀면서 얼버무리듯이 웃었다.

"어휴~ 정말, 그때는 난리가 났었지. 크로, 네 보너스 봉투를 훔쳤을 때보다도 더 큰일이 났었다니까. 신문에 실리지 않도록 사건을 묻어버리느라 고생했어."

"……너 변태 아저씨야?"

"뭐? 본인이 남자라는 말을 했던가?"

융메룽겐의 중성적인 옆얼굴의 입꼬리가 장난스럽게 위로 올라갔다.

"실은 남탕을 엿봤을 때도 소동이 벌어졌었어."

"상습범이었냐?!"

"에이, 아냐. 처음이 남자였고 그다음이 여자. 둘 다 시도해보고 싶었을 뿐이야. 아무래도 본인은 남자로도, 또 여자로도 보이는 것 같으니까. 그 실험을 해보고 싶었어."

"……그건 완전히 민폐잖아."

"하지만 재미있는걸."

아하하! 하고 웃는 장본인.

이 황태자님은 제도 곳곳에서 못된 장난을 하는 버릇이 있는 듯했다. 아마도 그때마다 신하가 그 정보를 어둠 속에 묻어버리느라 고생하고 있을 테지.

"——응, 대충 그런 이야기를 하고 싶었어."

가볍게 몸을 일으키는 융메룽겐.

엉덩이에 묻은 먼지를 탁탁 털어내더니, 품에 안고 있던 모자를 깊이 눌러썼다.

이로써 이야기는 끝.

황태자 융메룽겐의 자유 시간은 한정되어 있었다. 천수부에서 여기까지 오가는 왕복 시간을 고려한다면, 대화할 시간은 기껏해야 20분 정도였다.

"자, 본인은 이제 갈게."

"그래."

"그럼 다음에 빈 스케줄은…… 9일 후 오후 4시인가. 알았지? 잘 부탁해!"

"응?! 이봐, 내 예정은 물어보지도 않아?! 난 일이 있어!"

"기다릴게~."

그 괴짜는 손을 흔들면서 11번가의 길거리로 녹아들듯이 달려가 버렸다.

2

9일 후.

크로스웰은 집의 벽에 걸려 있는 시계를 힐끔힐끔 쳐다보고 있었다.

"……내가 왜 이렇게 성실하게 시간을 확인하고 있는 거지?"

일방적인 약속을 강요당했다.

오늘은 당연히 채굴장에서 일해야 했……는데.

공교롭게도 오늘은 오후부터 일이 없어졌다. 또다시 제국 상층부가 시찰하러 온다고 했으므로, 우리 광부들은 현장에서 멀리 쫓겨난 것이다.

"설마 그건 아닐 테지만, 이것도 그 녀석이 꾸민 짓은 아니겠지……?"

오후 3시.

상대가 오라고 할 때마다 꼬박꼬박 순순히 가준다면, 이대로 기묘한 주종관계가 형성되어버릴 것 같아서 주저하게 되었지만.

"……쳇. 알았어. 그래, 일단 만나러 가주긴 할게."

무거운 엉덩이를 들고 일어났다.

나가는 김에 노점에서 과자라도 사 가야지. 제국의 서민이 먹는 과자를 맛보면, 황태자님은 과연 어떤 반응을 보여줄까——.

"야, 크로."

그런 생각을 하고 있는데, 친척 누나 에브가 집으로 돌아왔다.

"지붕 수리 좀 부탁한다."

"응?"

"일기예보에 의하면 오늘 밤부터 폭우가 내린다잖아. 네가 저번에 수리한 부분이 또 이상해져서 그 틈새로 바람이 들어오고 있어."

아니, 잠깐만.

무심코 그런 말이 목구멍에서 흘러넘칠 뻔했다. 타이밍이 너무 안 좋았다.

"저기요, 누나. 나 지금부터 볼일이 있어서……."

"제일 중요한 볼일은 지붕 수리잖아?"

"…………."

할 말이 없었다.

친척 누나의 주장은 논리 정연했다. 폭우 예보는 자신도 알고 있었다. 천장에서 새어 들어오는 바람도, 수리한 부분에 문제가 생겼다면 그것은 자신의 책임일 것이다.

하지만 자신은 그 녀석과———.

"잘 부탁해. 나랑 앨리스는 지금부터 저녁밥 재료를 사러 갔다 올 테니까."

"…………알았어."

기운 없는 목소리로 그렇게 대답할 수밖에 없었다.

친척 누나 에브의 말대로 지붕에는 확실히 문제가 있었다. 그래도 경험이 있어서인지, 그 부분을 수리하는 데 걸린 시간은 저번의 절반 정도밖에 안 됐다.

그러나.

오후 5시.

크로스웰이 수리 도구를 정리했을 때는 이미 너무 늦어버렸다.

"…………."

하늘을 쳐다봤다. 두꺼운 비구름이 깔린 하늘이었다.

언제 비가 내려도 이상하지 않을 정도였다. 대로를 오가는 사람들의 발걸음도 비를 경계하기 때문인지 묘하게 빨라진 것처럼 보였다.

"……결국 못 갔구나."

약속 시간 이후로 한 시간이 지났다. 완전히 약속을 깨버렸다.

상대는 황태자. 천수부에서도 9일 만에 겨우 빠져나오실 정도로 다망했다. 한 시간이 넘는 지각을 허용해줄 리가 없었다.

더 이상은 그 공터에는 없을 것이다.

9일 만에 드디어 외출에 성공한 황태자를 놀랍게도 한 시간 넘게 바람맞히는 서민이라니, 이번 일로 분명히 황태자도 오만 정이 다 떨어졌을 것이다.

그렇다. 9일 만의 외출이었다.

"……아니, 잠깐만."

문득 생각을 달리 해봤다.

지금까지는 철저히 자신의 입장에서만 생각해봤으므로 자각도 거의 못 했었지만.

……황태자가 자기 마음대로 만날 약속과 일시를 정하니까.

……내 스케줄도 생각해줘! 하고 항상 투덜거렸었는데.

그러는 자신은.

그 녀석의 스케줄을 생각해본 적이 있었던가?

"9일 만에 겨우 몇 시간의 휴식 시간이 생겼는데, 그 녀석은 그 시간에…… 나와 만나는 것을 선택한 건가."

천금보다 더 가치가 있는 희소한 자유 시간.

그 녀석은 그렇게까지 애써서 자신을 만나려고 했는데, 자신은 "그놈도 이제는 돌아갔겠지" 하고 간단히 결론을 내려도 되는 걸까?

실제로 돌아갔는지 안 돌아갔는지도 알 수 없는데.

"————크윽."

정신을 차려 보니.

크로스웰은 어느새 현관문을 후려치듯이 열고 집 밖으로 뛰쳐나가고 있었다.

대로를 따라 미친 듯이 달렸다. 집에 돌아가는 회사원들이나 가족들과는 반대되는 방향으로. 11번가의 막다른 골목을 향해 숨넘어갈 정도로 정신없이 계속 달렸다.

"헉……! 흐……억……! 헉…………."

오후 5시 반.

이미 캄캄해지기 직전인 막다른 골목의 작은 광장에서.

융메룽겐은 아기 고양이에게 둘러싸인 채 가만히 쪼그리고 앉아 있었다.

"________."

숨소리일까, 발소리일까.

자신이 왔다는 사실을 눈치챈 융메룽겐은 여전히 쪼그려 앉은 채 고개를 들었다.

화가 난 걸까, 아니면 슬퍼하는 걸까.

어느 쪽인지 정확히 알 수 없는, 수많은 감정이 뒤섞인 복잡한 눈빛이었다.

"……어, 저기……."

그 커다란 눈동자 앞에서 크로스웰은 뒤통수를 벅벅 긁으며 말했다.

"……미안. 내가 좀 늦었지."

집의 지붕을 수리하느라 늦었다.

그런 변명이 무의미하다는 것은 알고 있었으므로, 소리 내어 말하지는 않았다.

"————처음이야."

융메룽겐이 조그맣게 중얼거렸다.

휴 하고 한숨을 쉬면서.

"본인이 살면서 처음 경험하는 일이야. 약속 상대에게 바람맞아서 계속 기다리는 처지가 되다니."

"…………."

“음, 그래. 약속 상대에게 바람맞으면 인간은 이렇게 공허한 기분을 느끼는구나. 또 새로운 사실을 배우게 되었어……. 이 세상에는 배우지 않는 게 더 행복한 것도 있다. 그 사실을 배웠다는 것만으로도 충분히 수확이 있었다고 해야겠다.”

구름 낀 하늘을 우러러보는 황태자.

파란 앞머리 위로 똑, 똑 하고 하늘에서 물방울이 떨어져 내렸다.

“비 오네. 지붕 수리는 제때 끝냈어?”

“……?!”

“네 신원이랑 집은 당연히 조사하라고 시켰지. 본인이 아무리 대단해도, 신원 불명의 인간과 마음 편하게 만나지는 못하는걸.”

그제야――.

그제야 겨우 융메룽겐의 입술이 아주 약간 미소를 띠었다.

“그런데 이제는 돌아가야 해. 본인은 바쁘거든. 밤에도 금방 또 회의에 참가해야 해.”

“……미안.”

“그래, 미안하지?”

그렇게 한숨을 내쉬면서.

융메룽겐이 뭔가를 꺼냈다. 작은 선물 상자에 들어 있는 통신기였다.

“부하에게 사 오라고 한 거야. 최신형 통신기 LinLin-X6. 약속을 깰 거면 적어도 미안하다고 연락은 해야지, 응?”

그러면서 그것을 다짜고짜 들이밀었다.

"……나한테 주는 거야?"

"늘 가지고 다녀. 본인의 개인 연락처는 이미 등록해놨으니까."

예상이 완전히 빗나갔다.

'너 같은 놈은 필요 없다'는 말을 들을 것을 각오하고 왔다. 그런데 설마 '더 편하게 만날 수 있게 하자'는 식으로 상황이 전개될 줄이야.

"그리고 너도 알다시피 본인은 황태자이니까. 너한테서 불쑥 연락이 온다면 신하들이 의심할 거야."

"……내가 먼저 전화하지는 않을 거야."

"본인이 전화하면 5초 이내에 받아라."

"거참 불공평하네!"

"그리고 본인 이외의 누군가의 연락처를 등록하는 것은 불허한다."

"부담스럽게 왜 그래?! ……아니, 뭐. 어차피 등록할 만한 상대도 없지만."

동거 중인 친척 누나들은 이런 고급품은 가지고 있지 않았다.

채굴장 동료들도 마찬가지이고.

"그럼 다음에는 꼭 보자. 8일 후, 오후 2시에!"

빗발이 강해지는 가운데.

우산도 안 쓰고 모자만으로 비를 피하면서 융메룽겐은 대로를 따라 뛰어갔다.

그런 괴짜의 뒷모습을 지켜보고 나서——.

크로스웰도 심한 빗속을 뚫고 집으로 돌아왔는데.
"누나들, 나 왔어."
"야, 크로?! 이렇게 비가 많이 오는데 너 어디 갔었어?!"
"크로 군, 완전히 푹 젖었잖아?!"
집에 돌아오자마자 크게 당황한 누나들 두 명에게 포위당했다.
"크로 군, 대체 무슨 일이야?! 큰일 났네. 빨리 옷 갈아입지 않으면 감기 걸리겠어!"
"……아, 아냐. 이 정도는 괜찮아."
수건을 건네주는 동생 앨리스로즈.
한편 언니인 에브는 "……아~ 흐음~" 하고 묘하게 눈을 번뜩이면서 말했다.
"알았다, 앨리스! 틀림없이 여자야. 크로가 몰래 여자를 만나고 온 거야!"
"크로 군에게 여자 친구가 생겼다고?! 데이트하고 온 거구나!"
"아니야!"
데이트가 아니라 그냥 잡담이었고.
더 나아가 상대는 남자인지 여자인지도 확실히 알 수 없는 특이한 괴짜였다.
"어휴, 그래그래, 크로 군에게 여자 친구가 생겼구나. 후후. 크로 군도 벌써 그런 나이가 되었네. 꺄~ 어쩌지? 괜히 내가 더 부끄러워!"
"……저기요, 왜 앨리스 누나가 얼굴을 붉히는 건데? 애초에 그런 거 아니라고."
"야, 크로! 우리한테도 정식으로 소개해줘. 도대체 누군데?!"
"아 글쎄, 아니라니까!"
그날 밤.
눈을 반짝반짝 빛내는 친척 누나들에게 포위당한 채 크로스웰은 하룻밤 내내 「그 상대」가 누구냐는 질문 공세에 시달려야 했다.

3

8일 후, 오후 두 시.
융메룽겐이 지정한 그 일시에, 늘 만나던 막다른 길의 광장에서.
"……왜 이렇게 늦어?"
이번에는 융메룽겐이 모습을 나타내지 않았다.
오늘은 절대로 지각할 수 없다! 하고 시간 엄수. 오히려 30분 전부터 도착해서 초조하게 기다리고 있었는데, 그런 자신이 뭔가 착각하지 않았다면 이미 약속 시간이 되고도 남았을 것이다.
"그 녀석. 설마 저번의 『복수』를 하려는 것은 아니겠지……?"
착신음.
선물 받은 통신기에서 경쾌한 멜로디가 흘러나온 것은 바로 그 순간이었다.
『……안녕.』
융메룽겐의 음성.

평소의 쾌활함이 느껴지지 않았다. 그보다는 힘이 없고, 목이 쉰 듯한 숨소리가 더 크게 들릴 정도였다.

"이 세상의 종말 같은 목소리군."

『……감기 걸렸어. 목이 아파서, 아름다운 목소리도 망가져버렸어.』

콜록 하고 헛기침을 했다.

『저번에, 어디 사는 누군가 때문에 비를 맞아서 몸이 차가워졌었나봐.』

"…………."

납득했다.

감기라는 단어가 튀어나온 순간, 크로스웰도 이런 상황은 예상했었다.

"저번에는 내가 미안했다니까. 어, 그래서 어떻게 해? 내가 과자라도 사 들고 문병이라도 하러 가줄까?"

『그렇게 해줘.』

"어, 야?! ………아니, 방금 그 말은 농담이었어!"

『천수부에 손님으로 초대해줄게.』

"저기요, 좀 기다려보시라니까요?!"

천수부는 모두가 알다시피 천제가 사는 집이었다.

그런 곳에 서민인 자신이 간다고? 오늘도 아주 평범한 셔츠 차림이었다. 이러면 정문 앞의 경비원에게 제지당할 것이 뻔했다.

『지금 당장 비밀 루트를 보내줄게.』

다시 착신음이 울렸다.

이미지 파일로 전송되어온 것은 천수부를 중심으로 한 지도였다. 참 친절하게도 파란색 선으로 여기서부터 목적지까지 가는 길이 표시되어 있었다.

"……어라? 뭐야, 이 목적지는 천수부가 아닌데?"

천수부 뒤편에 있는 좀 높은 언덕.

상대가 보내준 지도에 기재되어 있는 파란색 루트는 그 언덕으로 이어져 있었다.

『본인이 늘 통과하는 길이야.』

『……목적지가 천수부가 아니야?』

『비밀의 길. 크로, 너도 역사를 통해 배웠지?? 국가 원수는 어느 시대에나 유사시에 대비한 긴급 피난 루트를 준비해두는 법이거든.』

"그건 나도 알아."

『그 언덕에서 천수부까지 이어지는 비밀통로가 있어.』

"잠깐만. 너 지금 엄청난 폭탄 발언을 한 거 아냐?!"

아무리 생각해봐도 국가기밀에 해당하는 정보였다.

천수부에 준비된 비밀 탈출 루트를 황태자가 누설했다고 하면 큰 소동이 벌어질 테고, 그 비밀을 알아버린 자신도 위험해지는 게 아닐까.

『본인은 어린아이니까. 좀 위험한 정보를 누설하더라도 어린아이니까 어쩔 수 없지~ 하고 넘어갈 수 있어.』

“……아니, 그건 넘어가지 못할걸.”

『그래도 조심해서 와. 남한테 들키면 큰일 나니까.』

“……어휴, 이 비밀의 길이 거짓말이기를 진심으로 바란다.”

크로스웰은 마지못해 그렇게 대답한 뒤, 지도를 길잡이 삼아 걸음을 뗐다.

그리고 약 30분 후.

“……뭐야, 진짜였어?”

제도가 내려다보이는 언덕.

적갈색 천수부가 보이는 언덕 위에서 크로스웰은 멍하니 그런 말을 중얼거렸다.

——비밀통로.

언덕의 기념비에서 50m 떨어진 뒤쪽의 숲.

그곳에 겹겹이 쌓여 있는 큰 바위와 바위 사이의 틈새에 집어넣은 손가락 끝이 차가운 스위치에 닿았다. 그것을 누른 순간, 큰 바위의 틈새가 수십 센티미터쯤 벌어져서 사람 한 명이 통과할 만한 입구로 변신했다.

『다른 사람은 없지?』

“없어. 언덕 위에 사람이 몇 명 있었지만, 일부러 숲속까지 들어오는 녀석은 없으니까.”

『좋아, 그럼 들어와. 들어오면 즉시 스위치를 눌러서 문을 닫아.』

“……알았어.”

수수께끼가 하나 풀렸다.

융메룽겐이 빈번히 천수부에서 잘도 빠져나오는 것이 신기했는데, 알고 보니 이 비밀의 샛길을 통해 경비원에게도 들키지 않고 왔다 갔다 했던 것이다.

"아니, 그런데 그걸 나한테 가르쳐주는 것도 이상하지 않아……?"

내리막으로 되어 있는 비밀의 길.

아마 수십 년 전에 만들어졌나 보다. 좁은 통로는 먼지와 곰팡내로 가득 차 있었다.

언덕 위에서 천수부 지하로──.

거기서 나선계단을 쭉 올라간 뒤, 비상문을 조심스럽게 밀어 열었다.

스테인드글라스가 찬란하게 빛나는 궁전 안.

"……와, 이게 무슨 일이야. 내가 정말로 천수부에 들어온 건가?"

경비원에게 들키지도 않고, 감시카메라에 걸리지도 않고. 일반 시민인 자신이 이렇게 쉽게 침입할 수 있었으니, 이게 악당에게 알려지면 심각한 문제일 것이다.

"……무심코 잠꼬대도 하면 안 되겠네."

그런 크로스웰의 눈앞에는 황금색 장식으로 치장된 커다란 문이 있었다.

『도착했어?』

“초호화 건물의 5층까지 와서, 초호화 문짝 앞에 서 있어. 언제 경비원이 달려올까? 하고 엄청나게 불안해하는 중이야.”

『그럼 열게. 문 열리면 들어와.』

끼이익 하고.

장엄한 소리를 내면서 기계식 문이 열리기 시작했다.

천장에는 샹들리에가 빛나고 있었고, 발밑에는 주문 제작품인 듯한 고급스러운 융단이 깔려 있었다. 벽 쪽에는 역사가 느껴지는 그림들이 전시되어 있었다.

호텔의 최상급 스위트룸 같은 경관이었다.

“……이 정도면 우리 집 가구의 수천 배, 아니, 수만 배나 되는 가격이겠다.”

“감탄하는 것은 좋은데, 보통은 그보다 먼저 본인에게 인사하는 것이 예의 아냐?”

진주색으로 빛나는 레이스 커튼에 감싸인 캐노피 침대.

그곳에 누워 있는 융메룽겐이 이쪽을 향해 힘없이 손짓했다.

“……안녕?”

“컨디션이 상당히 안 좋아 보이네. 아, 이거 시내에서 사 온 푸딩이야. 병문안 선물.”

“뭐야, 크로답지 않은 배려심인데? 본인의 입맛에 맞을지 어떨지는 둘째치고…… 으, 쿨럭…….”

웃다가 기침이 또 터지고 말았다.

"너 정말 괜찮아?"

"이래 봬도 많이 나아진 거야. 원래 튼튼하다고 할 정도로 몸이 건강한 편은 아니라서. 꽃처럼 덧없어 보이는 병약한 인간이라…… 아아, 빨리 이런 생활은 끝내고 싶다."

"응?"

위화감.

이 나라의 황태자가 "이런 생활은 끝내고 싶다"고 하다니, 그게 무슨 뜻일까?

"조금만 더 있으면 이 세계의 상식이 달라질 거야."

침대에 누워 있는 융메룽겐이 캐노피를 쳐다보면서 그렇게 말했다.

"인간은 새로운 에너지를 손에 넣는 거지. 본인의 병약한 체질을 개선하는 것도 가능할지도 몰라. 어때, 크로. 너도 기대되지?"

"…………."

무슨 소리야?

처음 만났을 때부터 이상한 황태자라고 생각하긴 했지만, 도통 무슨 이야기를 하는 것인지 감도 안 잡히는 것은 이번이 처음이었다.

"미안. 도대체 그게 무슨 이야기야?"

"너희들이 지금 채굴장에서 발굴하고 있잖아? 별의 깊숙한 안쪽에 잠들어 있는 에너지가 기적을 일으킬지도 몰라."

내가 발굴하고 있는 것?

……별의 깊숙한 안쪽에 잠들어 있는 에너지? 뭐야? 그 불가사의한 단어는.

……광맥이잖아. 그럼 당연히 철광석과 희유금속을 발굴하는 거 아냐?

그러나.

그 「별의 배꼽」이라고 불리는 채굴장에서 철광석이 채굴되는 장면을 본 사람은 없었다.

"이봐. 이건 전혀 엉뚱한 이야기일 수도 있는데. 우리 광부들이 그곳에서 채굴하고 있는 것은 철광석이야."

"뭐?"

"우리 같은 아랫사람들은 그런 말밖에 못 들었어."

"……그래?"

이번에는 융메룽겐이 침묵할 차례였다.

침대에 똑바로 누운 채 뭔가를 끊임없이 생각하는 듯한 표정이었다.

"아, 알았다. 그럼 제국의 일반 시민에 대해서는 정보 통제를 하고 있구나."

"야, 또 위험한 발언을……."

"그냥 발표해도 될 거라고 생각하는데. 저기, 궁금해? 궁금하지?"

솔직히 말해서 듣고 싶지 않았다.

방금 융메룽겐이 말한 「정보 통제」라는 단어로 보건대, 그 이야기를 듣는다는 것이 서민에게는 얼마나 위험한 일인지 상상도 못할 정도로 자신이 어리석지는 않았다.

그러나.

이성적으로는 그것을 알고 있어도, 순수한 호기심은 막을 길이 없었다.

"……그 채굴장은 철광석이 목적이 아니란 거지?"

"응. 너도 알 거 아냐? 철광석처럼 흔한 것을 파내는데, 본인이 굳이 시찰까지 하러 갈 이유는 없으니까."

"……하긴, 그래."

"좋아, 특별히. 크로에게는 가르쳐줄게."

융메룽겐이 미소를 짓더니.

"그곳에서 파내고 있는 것은 완전히 새로운 에너지야."

"뭐라고?"

"인간이 사는 곳은 별의 지표면이잖아? 하지만 그 에너지는 별의 깊숙한 안쪽에서 용암처럼 유동하고 있는 것 같아. 그런데 그것이 주기 변동에 의해, 별의 지표면과 아주 가까운 위치까지 올라왔어. 지저를 살짝 파주면 솟구쳐 나올 정도로."

"……지저를 파면, 솟구쳐 나온다고?"

"응, 이해했지?"

"그래."

그것이 「별의 배꼽」.

제도 한복판에 채굴장을 만들어놓고 드릴로 지저 4,000m까지 뚫고 내려간 것은, 그 에너지를 캐내기 위해서였던 것이다.

"왜 우리 같은 서민에게는 가르쳐주지 않은 거야?"

"글쎄? 아바마마와 팔대장로들이 추진하는 극비 프로젝트이니까. 에너지를 발견하면 대대적으로 발표해서 전 세계를 깜짝 놀라게 하고 싶은 게 아닐까?"

마치 공상 같은 이야기였다.

지저에 잠들어 있는 미지의 에너지라니. 이것이 시내의 길거리에서 들은 소문이라면 자신은 절대로 믿지 않았을 것이다.

"어때, 꿈과 희망이 있는 이야기지?"

융메룽겐이 생긋 웃었다.

"그 에너지를 채굴하는 데 성공한다면 틀림없이 세계는 한 단계 더 발전적인 미래로 나아갈 거야. 본인의 이런 감기 따위는 금방 치료할 수 있는 의료 기술도 개발될지도 몰라."

"그게 그렇게 네 생각대로 잘될까?"

"뭐 어때, 꿈꾸는 것은 자유니까."

감기에 걸린 황태자는 마치 자신을 설득하는 것처럼 그렇게 이야기하면서 살짝 고개를 끄덕거렸다.

"그리고, 그날은 금방 올 거야."

"……언제인데. 너무나 완벽한 그 미래가 오는 날은."

"약 2주일 후."

"내 상상보다 100억 년은 더 빠른데?!"

"안 그러면 본인이 직접 시찰할 리가 없잖아?"

참으로 설득력 있는 한마디였다.

황태자가 일부러 시찰하러 온 시점에서, 계획은 거의 성공한 것이나 다름없는 상황인 게 확실했다.

"지금 너희들이 일하는 지하 채굴장의 심도는 4,800m잖아? 그 미지의 에너지는 지저 5,000m 지점에 체류하고 있거든. 이제 200m 남았어."

"……진짜 코앞이군."

"응, 그래서 그렇다고 말했잖아. 꿈이 현실이 되는 날은 이제 코앞까지———."

똑똑.

바로 그때, 이 방의 저편에서 문을 두드리는 소리가 울려 퍼졌다.

"으악?! 어쩌지, 의사나 병문안 온 대신일지도 몰라!"

융메룽겐의 얼굴이 굳어졌다.

"크로, 숨어!"

"어, 어디에?!"

"저기, 커튼 뒤……는 다 비쳐 보이고, 옷장도 안 되고…… 이 침대 밑에 숨어!"

시키는 대로 침대 밑의 틈새로 숨어 들어갔다.

침대 밑은 어두컴컴했다. 그래서 누가 움직이는 소리나 음성만 듣고 상황을 판단할 수밖에 없었는데——.

문 열리는 기척이 났다.

"황태자 전하. 옥체는 어떠십니까?"
"천제 폐하께서도 걱정하고 계십니다."
"부디 옥체를 아끼시기를 바랄게요. 저희가 이렇게 선물을 들고 병문안을 왔어요."
이어서 울려 퍼지는 발소리와 목소리.
세 명이나 네 명? 아니, 훨씬 더 많았다. 일곱 명…… 여덟 명인가.
"……그냥 감기 걸렸을 뿐이야. 팔대장로 같은 분들이 우르르 몰려올 필요는 없어. 이러면 본인이 중병을 앓고 있나? 하고 신하들이 걱정하잖아."
침대가 살짝 흔들렸다.
누워 있던 융메룽겐이 침대에서 벌떡 일어난 것이리라. 좀 전까지 괴로워하던 모습이 마치 거짓말이었던 것처럼 기운찬 모습인 것 같았는데.
……융메룽겐?
……왜 저렇게 말투가 공격적이지?
그보다는 오히려 불쾌함이 가득한 그 말투가 더 신경 쓰였다.
"아마 내일은 공무에 복귀할 수 있을 거야. 어때, 이제 됐지?"
"네, 정말 실례가 많았습니다. 전하가 고열로 쓰러지셨다는 소식을 듣고, 2주일 후의 강신제(降神祭)도 연기하는 것을 검토해보라고 천제 폐하께서 말씀하셨습니다만."
"그럴 필요 없어."

통명스러운 말투로 대꾸하는 황태자.
"됐으니까 이제 그만 돌아가. 본인은 바쁘다."
"알겠습니다. 그럼 부디 몸조심하시길 바랍니다."
퇴실하는 여덟 사람의 발소리.
그 여덟 사람을 쫓아내는 것처럼 문이 완전히 닫히고 나서——.
"윽…… 쿨럭! ……크흑………… 읏…… 아……!"
융메룽겐의 무릎이 확 무너지듯이 꺾였다.
그는 융단이 깔린 바닥에 무릎을 꿇고 격렬하게 기침하고 있었는데——침대 밑에서 상황을 지켜볼 수밖에 없는 크로스웰에게도 그 기척이 생생하게 전해져 왔다.
"융메——."
"잠깐만!"
침대 밑에서 기어 나가려고 했는데.
그것을 막은 사람은 놀랍게도 융메룽겐 자신이었다.
"잠깐만. 본인이 됐다고 할 때까지는 나오지 마……."
"?"
"…………잠옷 차림은 보여주고 싶지 않아……. 왜냐하면…… 보면, 알게 되니까……."
"알게 된다고? 안다니, 무엇을?"
"……됐으니까 좀 기다려봐."
융메룽겐이 침대 위로 쓰러졌다.
그대로 한동안 거칠어진 숨이 차분해질 때까지 기다렸다가.

"……오래 기다렸지? 됐어."

침대 밑에서 기어나갔다.

크로스웰이 돌아봤더니, 그곳에서는 이불을 자신의 턱밑까지 끌어올린 융메룽겐이 빨개진 얼굴로 이쪽을 쳐다보고 있었다.

"……본인은 말이지, 아직은 좀 더, 너하고는 **이런 거리를** 유지하고 싶어."

"아니, 그러니까. 그게 뭔데?"

"…………."

융메룽겐이 캐노피를 쳐다보면서 말했다.

"이건 현실이 아니라 가정인데. 이 세상에는 딸을 원하는 아버지도 있고, 아들을 원하는 아버지도 있잖아?"

"그건 당연한 거 아냐?"

"계속 들어봐. 사례를 하나 들자면. 어떤 아버지는 일찍 아들을 잃어버린 거지. 그래서 다음에는 꼭 아들을 소중히 잘 기르겠다는 마음이 강해진 거야."

너무 뜬금없는 이야기라 이해하기 어려웠다.

이 황태자는 도대체 나에게 무엇을 전달하고 싶은 걸까.

"음, 그래서. 자식은 그런 부모의 마음에 민감하잖아? '아아…… 아버지는 아들을 원했던 거구나' 하고 느끼는 거지. 그러니까 자식도 부모의 기대에 부응하고 싶어서, 칭찬받고 싶어서, 가능한 한 그쪽의 이상에 맞춰주려고 노력하면서 살아온 거야."

"? 아까부터 무슨 이야기를 하는 거야?"

"강신제가 이제 곧 시작되는구나."

"……너 지금 억지로 화제를 바꿨지?"

"아까 하던 이야기로 돌아간 거야. 좀 전에 팔대장로가 오기 전까지는 그 이야기를 하고 있었잖아?"

지저에 잠들어 있는 미지의 에너지.

별의 배꼽은 그 에너지를 끄집어내는 작업장이었다고 한다.

"강신제라는 것은 말이지, 목표 심부에 도달한 것을 축하하는 관통 기념행사야. 좀 전에도 말했다시피 심도 5,000m까지는 이제 거의 다 왔으니까."

"우리 광부들은 그런 이야기는 전혀 못 들었지만."

"감독관은 알고 있지 않을까? 그 강신제에는 본인도, 또 천제도 참가할 거야."

"천제가?! ……아, 그렇구나. 네 아버지였지."

저절로 감각이 마비될 것 같았다.

너무나 자연스럽게 대화를 하고 있었지만, 사실 눈앞에 있는 사람은 황태자였다.

……천제가 그 채굴장에 나타난다는 이야기를 듣고 놀랐지만.

……이 황태자란 녀석이 시찰하러 온 것도 이미 충분히 엄청난 일이었다.

앞으로 200m.

지하를 더 뚫고 내려간 그곳에는, 상상도 할 수 없는 새로운 에너지가 잠들어 있다.

"아마『별의 배꼽』에서 발굴하고 있는 것이 새로운 에너지라는 사실도 슬슬 발표되지 않을까? 강신제 스케줄이 정해졌으니까."

"……너무 거창한 이야기라 오히려 현실감이 안 느껴진다."

전 세계가 발칵 뒤집힐 것이다.

융메룽겐은 실제로 이 새로운 에너지 덕분에 세계가 변할 것이라는 꿈까지 꾸고 있었다.

"에이, 뭐 어쨌거나. 우리 같은 서민이 신경 쓸 만한 일도 아니고. ……그런데. 넌 아까 찾아왔던 여덟 명의 신하들은 싫어하는 거야? 말투가 공격적이던데."

"아, 팔대장로?"

천제의 참모로 알려진 여덟 명의 현자들.

그들은 하나같이 의학, 화학, 생물학, 물리학, 군사학, 언어학 등의 제일인자들이었다.

"싫어."

똑바로 누운 융메룽겐이 눈을 가늘게 뜨면서 혐오감을 드러냈다.

"그놈들이 온 다음부터 아바마마는 그놈들의 말밖에 안 듣게 되었어. 꼭두각시인형이라고. 본인이 천제가 된다면, 그놈들은 반드시 쫓아낼 거야."

"……황태자도 고생이 많구나."

"하지만 오늘은 기분이 좋아. 크로가 왔———쿨럭, 크……쿨럭……!"

몸을 기역자로 구부리면서 기침을 하는 융메룽겐.

역시 멀쩡한 상태가 아닌 것 같았다.

"너무 무리하지 마. 나도 슬슬 집에 가야겠다. 갈 때도 똑같은 길로 가도 되지?"

"……쿨럭…… 응, 그래……."

"어서 나아. 2주일 후에 그 강신제인지 뭔지 하는 이벤트에 참가해야 한다며."

"……응."

왠지 평소보다 더 고분고분하게 동의하는 태도로.

병상의 황태자는 힘없이 고개를 끄덕였다.

"……오늘 가르쳐준 비밀 루트. 넌 언제든지 써도 돼."

4

7일 후.

제도에서 가장 깊은 채굴장 「별의 배꼽」은 갑작스런 뉴스에 열광했다.

"큰일이야! 진짜 큰일 났어!"

지하 4,800m의 지저에서.

경악한 얼굴로 이리저리 뛰어다니고 있는 사람은 최연소 소녀인 뮈샤였다.

"애들아, 다들 들어봐! 우리가 파낸 이 구멍은 철광석을 캐내기 위한 것이 아니었대! 이거 봐, 이 기사!"

인류가 획득할 새로운 자원.

가스도, 석탄도, 석유도 아니다. 지저에서 유동하는 마그마 형태의 새로운 에너지가 관측됐다는 뉴스가 제국에서 전 세계를 상대로 발표된 것이다.

"……진짜?"

에브도 이 소식에는 흥분한 표정을 지었다.

자기들이 1년 가까이 계속해왔던 채굴 작업이 실은 인류의 역사에 남을 만한 위업일지도 모른다. 그 사실을 알게 되었으니, 가슴속에서 감개가 끓어오르기도 할 것이다.

"야, 앨리스. 새로운 에너지를 발견한다는 거. 굉장한 거야? 굉장한 거 맞지?"

"……으, 응. TV에서는 그렇다고 하던데. 언니도 같이 봤잖아?"

여동생 앨리스로즈는 아직 곤혹스러워하는 것 같았다.

"있잖아, 언니. 우리는 일약 스타가 될지도 몰라."

"어, 그렇다면?"

"TV 방송국이나 신문기자가 우리를 취재하려고 할 거야. TV에 출현해서 지금까지의 고생담이나 성공담을 이야기하는 거지. 어쩌면 자서전이나 영화가 나올지도 몰라."

"어, 그렇다면?"

"더 이상 돈 걱정은 안 해도 되는 거지, 언니!"

"더없이 좋구나, 동생아!"

잘됐다—! 하고 사이좋게 얼싸안는 자매.

주변의 직장 동료들도 거의 비슷한 미래를 상상하고 있는지, 일에도 집중을 못 하고 한껏 들떠 있었다.

"다들 모여 있었구나."

반장 역할을 맡은 청년 드레이크가 엘리베이터를 타고 내려왔다.

"낭보야. 놀랍게도 천제 폐하께서, 여기서 일하는 광부들 전원에게 지하 5,000m의 목표 지점에 도달했을 때 또 보너스를 지급해주신다고 한다."

"와, 진짜?!"

"너무너무 행복해애애!"

열광의 도가니가 된 채굴 현장.

그런 동료들을 놔둔 채 크로스웰은 몰래 엘리베이터 뒤편으로 이동했다.

아까부터 가슴팍에서 통신기가 빛나고 있었던 것이다.

『어때? 그쪽 현장은.』

"이쪽의 환호성이 들리지 않아? 모두 의욕이 넘쳐. 주원인은 보너스지만."

『아하하, 민중의 마음을 사로잡는 것은 간단하구나.』

통신기 너머에서 융메룽겐의 웃음소리가 들렸다.

본인 왈, 지난 며칠 사이에 드디어 몸 상태도 회복되기 시작했다고 한다. 그래도 아직은 의사에게 외출 허락은 받지 못했지만.

『본인에게 고마워해주면 좋겠다. 실은 본인이 그 보너스를 주자고 아바마마께 진언했거든. 곧 다가올 「성령(星靈)」 강신제에서는, 그동안 공헌해온 광부들에게도 적당한 이익을 분배해줘야 합니다! 하고.』

"……성령?"

『우리가 파낼 에너지의 임시 명칭이야. 팔대장로가 오래된 유적의 그림문자에서 따온 것이라고 해. 상당히 시적인 이름을 붙였지. 안 그래?』

"뭐, 나랑은 전혀 상관없지만."

『저기, 그런데. 크로.』

통신기 너머에서 융메룽겐이 갑자기 장난스럽게 말했다.

『본인을 못 만나서 외로워?』

"뭐?"

『어휴~ 미안해. 아직 의사가 외출은 하면 안 된다고 하고, 본인이 또 황태자이다 보니 성령 강신제 준비도 이것저것 해야 하거든. 본인을 만나지 못하는 크로가 밤마다 외로워서 훌쩍훌쩍 우는 것도 이해는 가. 아, 그럼 아쉬운 대로 본인의 개인적인 사진이라도 보내줄까?』

"끊는다."

『으아아아악?! 자, 잠깐만 기다려봐! ……어휴, 넌 왜 이렇게 냉정하냐? 크로.』

한숨으로 답하는 황태자.

『……사실 강신제에는 천제 폐하도 있고 경비원도 있으니까. 아마 이벤트 도중에는 너에게 제대로 말도 못 걸 거야.』

"이벤트가 끝난 다음에 만나면 되잖아."

『맞아! 너 똑똑하네? 본인도 그 말을 하고 싶었어!』

그럼 솔직하게 그렇게 말을 해.

속으로 그런 지적을 해봤지만, 그것은 융메룽겐의 속사포처럼 맹렬한 대사에 묻혀버렸다.

『그럼 강신제 다음 날이야. 오후 3시에 늘 만나던 공터에서 집합하는 거야, 알았지?!』

"내 스케줄은———."

『기다릴게! 본인은 지금부터 팔대장로와 회의를 해야 하니까, 다음에 봐!』

"……나 참, 자기 하고 싶은 말만 하고."

일방적으로 통화가 끊겼다.

물론 늘 그랬기 때문에 익숙하기는 하지만.

"……강신제 다음 날. 스케줄은 비워둘까."

지하 4,800m의 지저에서.

크로스웰은 지상에 있는 황태자 쪽을 쳐다봤다.

그러나.

두 사람이 집합하는 미래는 오지 않았다.

크로스웰은 물론이고 황태자 융메룽겐도 결코 알 수 없었다.

이것이 두 사람이 「인간」으로서 나눈 마지막 대화라는 것을.

제도 붕괴까지——.

『7일 남았다.』

한없이 어두운 작은 방.

제국 의회 지하에 마련되어 있는 비밀 청문실(聽聞室).

한번 문을 닫으면 절대로 목소리가 밖으로 새어나가지 않는 완전 기밀 형태의 격리실. 설령 천제라도, 이 방에서 이루어지는 대화를 도청하는 것은 불가능하다.

그곳에서——.

제도의 현자라고 불리는 여덟 명의 남녀가 서로 얼굴을 마주 보고 앉아 있었다.

"미지의 에너지. 별의 백성이 『성령』이라고 부르는 힘이 드디어 출현한다."

"별의 중추에서 흐르는 막대한 힘. 그것이 지표면 근처까지 올라오다니, 그것은 과거 수백 년 동안에도 거의 관측되지 않았던 현상이야."

"——볼텍스(성맥 분출천)."

"압도적이다. 화산 대폭발조차 능가하는 어마어마한 에너지의 분출이니까. 이 정도로 강력하다면, **우리의 추정 폭발 범위를 초과해버리는** 것도 어쩔 수 없는 일이야."

그렇다.

모든 것은 우연히 일어난 불행한 사고일 뿐이다.

지하 5,000m의 깊이에서 터져 나온 새로운 에너지가 지나치게 강한 나머지, 채굴장과 주변의 인간들까지 통째로 날려버린다 해도.

그것은 누구의 잘못도 아니다. 누군가가 꾸민 일이라는 것을 입증하는 것도 불가능하다.

"강신제에 참가하는 천제와 황태자, 그리고 요인들."

"아무도 남지 않을 거야."

천제, 그리고 그의 후계자인 황태자가 사라진다.

최고 권력자를 잃은 제국은 크게 흔들릴 것이다.

"우리 팔대장로만 남는 거지."

5

아침 아홉 시.

제도 11번가의 거리에서는 아침부터 상쾌한 나팔 소리가 울려 퍼졌고, 하늘에서는 오색 빛깔 풍선과 종이 눈이 날아다니고 있었다.

"에브 누나, 앨리스 누나. 슬슬 가지 않으면 우리 지각할 거야."

"자, 잠깐만, 크로 군! ……스카프는 이런 식으로 두르면 될까? 저기, 크로 군. 네 생각은 어때?"

"여자는 원래 화장하느라 시간이 걸리는 거야!"

정말 천지가 개벽할 노릇이었다.

친척 누나 두 사람의 입에서 「스카프」니 「화장」이니 하는 단어가 튀어나오는 날이 올 줄이야.

"난 밖에서 기다릴게."

잡동사니 저택 밖으로 나온 순간, 보기 드물 정도로 눈 부신 햇살 때문에 크로스웰은 눈을 가늘게 떴다. 행사를 하기에는 딱 좋은 날씨였다.

"……시간이 순식간에 지나갔네."

별의 배꼽에서의 채굴 작업은 어젯밤 완료됐다.

그들이 파고 들어간 심도는 지하 4,999m.

……융메룽겐이 말했었지. 지하 5,000m에 그 보물(에너지)이 묻혀 있다고.

……오늘은 그 마지막 1m를 파내는 행사를 할 것이다.

말하자면 테이프 커팅에 해당하는 개통식이었다.

성령 강신제란 이름이 붙여진 이 이벤트는 아침 9시, 즉 지금 현지에서 시작되고 있을 터였다.

광부들은 현지에서 그 장면을 지켜보는 관객 역할이다.

전 세계에서 기자들이 몰려왔고, 관중으로서 TV에 나오게 될 가능성도 있었다. 그래서 친척 누나 두 사람은 그 준비를 하느라 몹시 바빴다.

"……난 TV에 나오든 말든 상관없는데. 역시 보통은 신경을 쓰게 되나?"

"크로 군, 오래 기다렸지?!"

"크로, 가자! 이 정도면 나도 TV에 나와도 OK야!"

집에서 뛰쳐나오는 쌍둥이 누나들.

둘 다 복장은 소박한 사복이었는데, 언니인 에브는 멋을 부리려고 입술에 립스틱을 발랐고, 동생인 앨리스로즈는 목에 스카프를 두르고 있었다.

"잠깐만, 그게 다야?! 립스틱 바르고 스카프 두르는 데 한 시간이나 걸렸다고?!"

"야, 우리는 이런 거 익숙하지 않단 말이야."

"맞아, 크로 군. 스카프를 두르는 방법도 아주 많단 말이야."

"……그, 그래?"

대로를 따라 걷기 시작했다.

평소 같으면 유유히 걸어갈 수 있는 길이 오늘은 인파로 가득 차 있었다. 서로 어깨와 어깨가 부딪칠 정도로.

일반인은 일하고 있을 시간대. 길거리를 오가는 사람 중에서는, 오히려 카메라를 들고 있는 기자들과 경비원이 더 눈에 띌 것이다.

이윽고 저쪽에서 바리케이드가 보였다. 그리고 한층 더 큰 규모의 인파도.

채굴장 「별의 배꼽」의 입구에서.

"앗, 너희 셋 다 왜 이렇게 늦었어?!"

관중 속의 한 사람으로서 서 있던 뮈샤가 우리를 발견하고 손을 흔들었다. 그 뒤쪽에는 직장 동료들도 서 있었다.

"아니, 그게~ 앨리스가 준비하느라 시간이 걸려서."

"나, 나만 그런 게 아니거든? 언니도 그랬잖아!"

"——쉿. 천제 폐하가 나오신다."

반장인 청년 드레이크가 그런 여자들 세 사람을 진정시키면서 바리케이드 건너편을 가리켰다. 평소에는 광부가 얼굴만 보여주고 들어갈 수 있는 작업장도, 오늘은 건장한 요인 경호관들이 주위를 빙 둘러싸서 경비하고 있었다.

그들에게 에워싸인 채——.

정장을 입은 중년 남성이 박수를 받으며 등장했다.

키가 크고 날씬한 체형과 날카로운 생김새. 천제 하켄베르츠——이 나라의 최고 권력자가 코앞을 지나쳐 갔다.

"우와. 저거 혹시 진짜 천제 폐하야?! 방금 이쪽을 봤어!"

"나, 나도 눈이 마주친 것 같아……!"

친척 누나 두 사람이 속닥속닥 이야기했다.

사실 제도에 사는 주민의 입장에서는, 천제라는 거물을 이렇게 가까이에서 볼 기회는 평생에 한 번 있을까 말까 할 테니까.

주위의 카메라나 신문기자의 시선이 일제히 집중되는 가운데.

"……아."

크로스웰 혼자만 그 천제의 뒤에서 걸어오는「또 한 사람」을 보고 있었다.

청초한 흰색 의상을 입은 황태자 융메룽겐.

사랑스럽고 앳된 얼굴. 태양 빛을 받아 반짝반짝 빛나는 푸른 머리카락을 가볍게 휘날리면서, 대중에게 손을 흔들어주며 이쪽으로 걸어오고 있었다.

한순간——.

눈이 마주쳤을 때 "후후" 하고 의미심장한 미소를 짓는 황태자. 그 미소를 눈치챈 사람은 아마 자기 혼자밖에 없을 것이다.

"……천제 폐하를 본 것은 좋은데."

짝짝 박수를 치면서 에브가 중얼거렸다.

"야, 크로. 우리는 언제까지 박수를 쳐야 해?"

"이제 곧 시작될 거야."

요인 경호관에게 둘러싸인 천제와 황태자가 지상의 엘리베이터 앞까지 걸어갔다.

준비되어 있는 것은 대좌와 버튼.

"저 버튼이 지하 채굴장에 있는 드릴과 연결되어 있대. 천제 폐하가 버튼을 누르면 드릴이 작동하는 거지. 그래서 지하 5,000m에 도달하는 거야."

"와. 크로, 너 자세히 아는구나."

"……에브 누나, 누나 빼고는 모두가 이야기를 제대로 들어서 그런 게 아닐까?"

성령 강신제.

새로운 에너지가 체류하고 있는 지저로 향하는 길을, 마지막에는 천제가 스스로 개척한다는 것이다.

“생각해보면 좀 치사하지 않아?”

한발 먼저 박수를 그만둔 에브가 자기 가슴 앞으로 팔짱을 끼면서 말했다.

“지면에 큰 구멍을 뚫고 4,999m까지 파낸 것은 우리 광부들인데, 제일 핵심은 빼앗기는 거잖아. 안 그래? 크로.”

“그런 불만이 생기기 때문에 일부러 보너스를 준 거 아냐?”

“아, 그렇구나. 그럼 하는 수 없지.”

마지못해 수긍하는 에브.

그런 대화를 나누는 사이에 드디어 천제와 황태자 두 사람이 대좌의 버튼에 손을 댔다.

카메라 촬영을 위해 충분히 시간을 들이더니――.

『여러분, 보십시오!』

『천제 폐하, 황태자 전하에 의해 새로운 시대의 막이 열립니다!』

버튼이 눌렸다. 팡파르가 울려 퍼졌다.

그러나.

그게 전부였다. 이제 막 지하의 채굴장에서는 거대한 드릴이 기동되어 튼튼한 암반을 맹렬한 기세로 파고 들어갔을 테지만, 지상에 있는 우리는 당연히 그것을 알 수 없었다.

1분이 지나고.

2분이 지나고.

"……생각보다 박력이 없네."

그렇게 작게 중얼거린 사람은 뮈샤였다.

"저기, 실제로는 그냥 작은 버튼만 누른 거잖아? 난 머리가 나빠서 잘 모르겠는데, 설마 이걸로 끝이야? 새로운 에너지라는 게 나오긴 했어?"

아무도 대답하지 않았다.

그 누구도 답을 몰랐기 때문이다. 지하 5,000m에서 「성령」이라고 불리는 힘이 정말로 솟구쳤는지 어쨌는지. 그건 아무도 몰랐다.

"————."

불쑥.

그때 관중 속에서 한 소녀가 말없이 바리케이드를 향해 걸어가기 시작했다.

에브 소피 네뷸리스가.

"에브 누나?! 왜 그래!"

크로스웰이 불러도 대답이 없었다.

이쪽을 돌아보지도 않고 그저 흔들흔들 걸으면서, 마치 조종용 실이 거의 끊어져가는 꼭두각시인형처럼 불안정한 걸음걸이로 요인 경호관을 향해 다가갔다.

"……『목소리』…… 나를………… 부르고 있어…………."

"으음? 이봐, 왜 그러나?"

"의식을 가까이에서 구경하고 싶은 마음은 이해하지만, 위험하니까 뒤로 물러나.”

에브를 눈치챈 요인 경호관들.

작은 소녀를 제지하려고 말을 걸었는데――.

“……으…… 시, 싫어……………………………………………… 본인에게…… 들어오지, 마아아아아아아앗!”

황태자 융메룽겐의 날카로운 비명이 개통식장에 울려 퍼졌다.

그는 무릎을 꿇고 큰 소리를 지르면서 머리를 쥐어뜯었다.

……융메룽겐?!

……무슨 일이야?!

아무리 봐도 정상이 아니었다.

크로스웰이 반사적으로 말을 걸려고 했다. 그러나 그 직전에.

“뭐, 뭐야, 이상 사태라고?!”

작업복을 입은 기술사가 소리쳤다.

통신기를 귀에 대고 다른 기술사와 대화하는 중이었는데, 너무 흥분한 나머지 소리를 크게 질러서 관중에게도 그 내용이 다 들렸다.

“지하 5,000m에서 어마어마한 빛이 뿜어져 나왔다고?! 그럼 그것이 그 새로운 에너지, 아니야?! ……솟구치는 것을 막을 수가 없다고? 그러면 방호벽을 기동시켜!”

성령이라고 이름 붙여진 새로운 에너지는 정체불명.

만에 하나라도 지상에 영향을 줄 것을 고려하여, 지하의 채굴장에는 합금 필터가 몇 겹으로 정비되어 있었다.

대규모 분화나 간헐천조차도 막아낼 수 있는 벽이었다. ……그러나.

땅속에서 폭발적인 땅울림이 발생했다.

"……뭐라고……?"
이어서 기술사의 갈라진 목소리가 들려왔다.
"……방호벽을…… 뚫고, 올라오는 중이라고?! ……크악?!"
지면이 뒤집히는 듯한 충격.
빌딩들이 크게 흔들리면서 유리창이 깨지고 박살 났다. 정신 차려 보니 크로스웰을 비롯한 관중은 전부 다 제자리에 무릎을 꿇고 쓰러져 있었다.
그중에는 아예 벌렁 누워버린 사람도 있었다. 일어나지도 못할 정도로 심한 진동이었다.
무슨 일이 일어난 거지?
아니, 무슨 일이 일어나고 있는 거지?
모든 사람이 창백해진 얼굴로 주위를 둘러보는 가운데.
단 한 사람.
"…………부르고 있어…… 나를…… 나…………."
바리케이드를 넘어간 에브 혼자만 공허한 눈동자로 지하의 큰 구멍을 내려다보고 있었다. 자신은 그 모습을 봤다.
『기, 긴급 사태입니다!』

행사장에 울려 퍼지는 사이렌과 안내 방송.

『여러분, 신속히 대피해주세요. 부디 당황하지 마시고——.』

튕겨져 날아갔다.

사이렌 소리와 안내 방송을 포함하여 모든 것을 튕겨내 버릴 정도로 맹렬하게.

극채색 빛의 분류가 지하 5,000m를 상승하여 지상의 큰 구멍을 통해 솟아올랐다. 거대한 분수처럼 하늘 높이 분출되어 무지개와도 비슷한 빛의 궤적을 그려냈다.

그것은——.

구경만 한다면 참으로 환상적인 광경처럼 보였을 것이다.

……이게 융메룽겐이 말했던 새로운 에너지인가?

……이 번쩍거리는 빛이?

그것이 마지막 광경.

크로스웰 게이트 네뷸리스가, 「세계가 변하기」 전에 본 최후의 순간.

성령이라고 불리는 빛이 지상의 인간을 향해 밀려왔다.

쌍둥이 친척 누나들도, 직장 동료들도, 이 자리에 있는 수백 명이나 되는 관중도, 천제도, 황태자도.

거대한 빛의 소용돌이에 휩쓸려 의식을 잃었다.

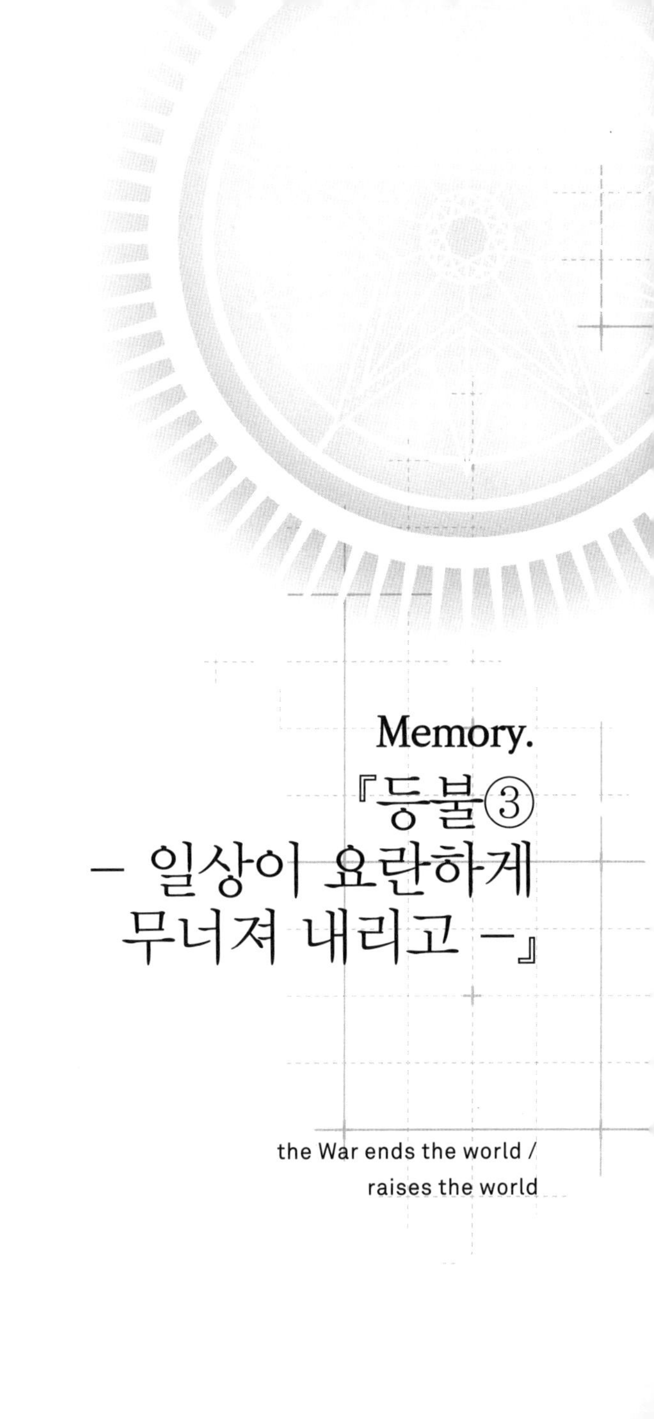

Memory.
『등불③
– 일상이 요란하게
무너져 내리고 –』

the War ends the world /
raises the world

1

…………….

…………………………….

……나는…… 뭘 하고 있었더라?

눈을 떴다.

꿈을 꾸고 있었다는 기억은 없었다. 눈을 감았을 때의 상황조차도 기억하지 못한 채, 똑바로 누워 있다는 사실을 자각하고 천장을 쳐다봤다.

"……나는………… 아야!"

청결한 흰색 시트가 깔린 침대에서 몸을 일으키려고 했는데, 그 순간 뒤통수에서 심한 통증이 느껴졌다.

뒤로 벌렁 쓰러지면서 머리가 세게 부딪쳤나 보다.

그건 그렇다 치고, 자신은 대체 언제 무슨 이유로 「쓰러진」 걸까?

"몸 상태는 어때요?"

백의의 여자 간호사가 복도에서 얼굴을 내밀었다.

"다행이에요. 안 그래도 슬슬 눈을 뜰 것 같다고 생각했는데.

방금 의사 선생님을 불렀으니까 진찰하러 와주실 겁니다."

"────."

이곳은 병원. 자신은 입원 환자로서 침대에 눕혀져 있나 보다.

어렴풋이 그것은 이해할 수 있었다.

"자기 이름은 기억나세요?"

"……크로스웰 게이트 네뷸리스."

"쓰러졌을 때의 상황은? 그 폭발은 기억해요?"

폭발?

폭발이 뭐야. 자신이 여기 있는 것과 상관이 있나?

……내가 사는 집은, 그 잡동사니 저택이고…….

……거기서 친척 누나들과 같이 살았다. 아니, 하지만 그곳은 아니었다.

쓰러진 이유.

자신은 아침에 집을 나왔다. 그리고 친척 누나 두 사람과 함께 평소처럼 광부로서 아르바이트를 하러 갔을 것이다.

……아냐, 아니다. 광부 아르바이트는 쉬는 날이었다.

……목표 지점인 지하 5,000m에 도달했으니까.

광부 전원이 지상에 집합했었다.

"앗!"

기억났다.

크로스웰의 뇌리에서 되살아났다. **그 폭발**에 이르기까지의 모든 광경이.

"아, 맞다! 나는…… 강신제인지 뭔지 하는 행사에 참석했었어! 성령이라는 새로운 에너지를 파내는 행사라고 해서. 그런데, 거기서……."

빛이 뿜어져 나왔다.

자신이 목격한 광경으로서 기억하고 있는 것은 딱 거기까지였다.

지하 5,000m에서 분출된 극채색 빛이 분수처럼 하늘을 향해 솟구쳐 올랐다. 그렇게 생각한 순간, 그 빛이 자신을 집어삼켰다.

"……내가 의식을 잃은 것은 그 빛의 홍수에 휩쓸렸기 때문인가요?"

"네, 맞아요."

여자 간호사가 천천히 고개를 끄덕거렸다.

"그 폭발로 많은 사람이 쓰러졌습니다. 수백 명이나 되는 분들이 일제히 의식을 잃었다는 소식을 들었을 때는 병원도 당황했습니다만……. 불행 중 다행이라고 할까요. 아마도 그 원인은 강렬한 빛과 소리에 의한 일시적 쇼크였을 겁니다."

"생명에 지장은……."

"그럴 염려는 없대요. 제국 의회가 그렇게 발표해서 세계 각국에 보도됐어요."

"…………."

"안심하세요. 이 병원에서도 같은 결론을 내렸습니다."

여자 간호사가 병실을 가리켰다.

텅 빈 침대가 세 개. 원래 4인용 병실인데 환자는 자기 혼자밖에 없는 것 같았다.

"이 병실에서도 다른 세 분은 일찌감치 깨어나서 퇴원하셨습니다."

"이미 다들 퇴원했다고? 그럼 내가 마지막……?"

"네. 크로스웰 씨가 4일간 입원하셨어요."

간호사가 살짝 쓴웃음을 지었다.

"이 병원으로 실려 온 환자는 53명. 대부분 다음 날에는 깨어나서 정밀검사를 받았고, 그 결과 이상이 없다는 진단을 받아 퇴원했습니다."

"……저, 우리 친척 누나들은 어떻게 됐어요?"

"성함이 뭐죠?"

"에브와 앨리스로즈입니다. 둘 다 나처럼 성은 네뷸리스인데요."

"퇴원하셨습니다."

김빠질 정도로 빠른 대답이었다.

자신이 눈을 떴을 때 당연히 궁금해 할 만한 문제이니까, 이 여자 간호사도 처음부터 미리 조사해놨던 것이리라.

"……다행이다. 그 말을 들으니 안심이 되네요."

가슴속 깊은 곳에서.

융메룽겐은 어떻게 되었나요——라고 물어보고 싶은 충동이 솟구쳤지만, 크로스웰은 말없이 그것을 꾹 눌렀다.

……나와 같은 병원에 입원했을 리도 없고.

……내가 선불리 입을 놀렸다가는 그 녀석에게 폐를 끼칠 수도 있다.

십중팔구 무사할 것이다.

만약에 천제나 황태자에게 무슨 불상사가 생겼다면 난리가 났을 테니까. 우리 같은 환자들도 「즉시 퇴원」을 시키지는 않았을 것이다.

그래, 그러니까 다행이다.

그 정도 대규모 폭발로 희생자가 나오지 않았다는 것은 거의 기적이나 마찬가지였다.

"하나 물어봐도 될까요? 우리가 뒤집어썼던 그 빛은 지하 채굴장에서 솟아나온 새로운 에너지인가요?"

"제국 의회는 그렇게 발표했습니다. 인류는 훌륭한 자원을 손에 넣었다고요."

"……그렇게 큰 사고가 일어났는데도?"

"그런 규모의 폭발인데도 희생자는 없었으니까요. 새로운 에너지 『성령』이 인체에 무해해서 다행이라는 식으로 보도됐어요."

"……아, 하긴 그런가."

듣고 보니 반론의 여지가 없었다.

그 빛의 폭발——.

그것이 같은 규모의 화염이나 열파였더라면, 개통식에 모였던 1,000명 이상의 사람들이 희생되었을 것이다. 그런데도 희생자는 한 명도 없었다.

강렬한 빛을 뒤집어쓰고 일과성 의식 소실을 경험하긴 했어도, 몸은 전혀 다치지 않았다.

──성령은 무해한 새로운 에너지.

제국으로선 기대하지도 않았던 호전(好轉)일 것이다.

미증유의 재해가 될 뻔했던 사고가 놀랍게도 세계 각국에 대한 선전으로 변한 것이다.

"알겠습니다. 친척 누나들이 퇴원했다면 나도 안심하고 퇴원할 수 있겠네요."

"저, 일단 말씀드리자면. 퇴원할 수 있을지 없을지는 정밀검사 결과에 따라 달라지거든요? 크로스웰 씨는 쓰러졌을 때 머리도 부딪쳤으니까요."

"아, 그렇구나. 실은 머리는 아직 부어 있는 것 같아요."

아직도 머리가 지끈지끈 아팠다.

반사적으로 뒤통수에 손을 대고, 그 후 별생각 없이 목에도 손을 댔다가──.

"응?"

위화감.

통증이나 이물감은 아니었다. 다만 본능적으로 「**지금까지와는 다르다**」는 감각을 느꼈다.

"저기…… 혹시 거울 있어요? 손거울같이 작은 것도 괜찮은데."

진찰용 손거울을 빌려서 목을 비춰봤다.

그곳에는 자신이 본 적 없는 것이 있었다. 언뜻 보면 멍처럼 보였는데.

——진한 보랏빛 나선형 고리.

타박상으로 생긴 멍인가?

그런 것치고는 너무 보라색이 진했고, 또 모양이 지나치게 구체적이었다.

……이게 뭐야.

……내가 넘어질 때 이런 곳을 부딪쳤나?

건드려 봐도 아프지는 않았다.

"어머나?"

여자 간호사는 그런 자신의 목을 들여다보더니 눈을 살짝 크게 떴다.

"당신도 생겼네요?"

"……네?"

"병원으로 실려 온 53명 중 십수 명에게서 비슷한 타박상의 흔적이 발견됐습니다. 그때 그 폭발과 관련이 있는지 없는지는, 제국 의회가 조만간 의료팀을 결성해서 조사할 거라고 했어요. 당신의 그 멍은 혹시 무슨 증상은 있나요?"

"……아뇨, 전혀. 오히려 머리가 아픈데요."

타박상의 흔적?

이렇게 완벽한 모양으로 멍이 생길 수도 있나?

병원으로 실려 온 53명 중 십수 명에게서 공통적으로 발견된 멍.

그 폭발에 휘말린 사람은 줄잡아 1,000명 정도는 될 테니까, 다른 병원으로 실려 간 수많은 환자도 신경 쓰이긴 했지만.

"설마 이 멍이 사라질 때까지 퇴원을 못 하는 것은……."

"정밀검사 결과 이상이 없으면 경과 관찰이라는 형태로 퇴원하게 됩니다. 자, 다른 질문은 없나요?"

"……없어요."

"그럼 전 이만 가볼게요. 무슨 일이 있으면 언제든지 말씀해주세요."

간호사는 떠났다.

4인용 입원실에 홀로 남겨졌다.

"……뭐지? 이건."

목덜미에 생긴 멍.

짚이는 원인은 하나밖에 없었다. 그 폭발에서 성령의 빛을 뒤집어쓴 것.

……하지만 설마 그건 아니겠지.

……제국 의회가 공식 발표를 했다고 하니까. 성령은 무해하다고.

약간의 불안.

머릿속 한구석에 들러붙어 사라지지 않는 불길한 감각에 시달리면서 하룻밤을 보내고———.

그다음 날.

정밀검사를 완료한 크로스웰은 아무 일도 없었던 것처럼 퇴원했다.

"크로 군, 퇴원 축하해——!"

"크로, 왜 이렇게 늦었어? 5일이나 병원에서 쿨쿨 잠만 자다니."

5일 만에 집으로 돌아왔을 때.

크로스웰을 맞이해준 것은 최고로 사랑스러운 친척 누나의 미소와 최고로 심술궂은 친척 누나의 독설이었다.

"……그래, 이 지독한 낙차."

그리웠다.

5일 만에 경험하는 일상에 신기할 정도로 안도했다.

"누나들, 나보다 훨씬 빨리 퇴원했다며?"

"맞아. 내가 크로 군보다 이틀 빨랐지. 에브 언니는 그 폭발이 일어난 날 당장 깨어나서 활발하게 병원 안을 돌아다녔다고 하더라."

"너무 빠른 거 아냐?!"

"……흥. 허약한 크로와는 차원이 다르니까."

책상다리를 하고 바닥에 앉은 에브가 자신만만하게 팔짱을 끼고 말했다.

"이쪽은 진짜로 장난 아니었거든? 그 대폭발에 휘말린 피해자로서, 병원에서 나가자마자 카메라에 둘러싸였는데. 그 빛을 뒤집어쓴 상황은 어땠어요? 몸 상태는 어떻습니까? 등등, 기자들이 꼬치꼬치 다 캐묻는 바람에 완전히 난리가 났었어."

"에브 언니가 제일 빨리 눈을 떴으니까. 모두 언니한테 몰려간 거지."

앨리스로즈가 살짝 쓴웃음을 지었다.

그 다정한 눈빛을 바라보다가――문득 크로스웰은 눈치챘다. 이 친척 누나의 눈이 붉게 충혈되어 있다는 사실을.

"앨리스 누나, 눈이 부은 것 같은데?"

"아, 내 눈? ……응, 실은 엊그제부터 수면 부족 상태라서."

누나는 눈가를 누르면서 쑥스러운 듯이 웃었다.

"아, 하지만 별일 아니야. 크로 군은 다정해서 이런 것도 걱정해주는구나. 그건 기쁘지만, 이 정도는 금방 나아."

"……수면 부족이라고?"

"그냥 잠이 안 와서 그랬어. 엊그제부터 더워서 잠을 설쳤거든."

앨리스로즈가 은근슬쩍 눈을 피했다.

――더 이상은 묻지 말아줘.

다정한 친척 누나의 그런 행동 앞에서는 크로스웰도 더 이상은 물어볼 수 없었다.

"야, 크로. 그렇다고 내 얼굴을 너무 자세히 관찰하지는 말아줄래?"

"……아니, 일단 확인은 해야지. 앨리스 누나가 잠을 못 잤다고 하는데 에브 누나는 괜찮은가? 하고 걱정하는 게 당연하잖아. 그런데 누나는 괜찮아 보이네?"

"――――."

어리둥절하여 진지한 표정을 짓는 에브.

순간적으로 무슨 말을 들었는지 이해하지 못한 것처럼 눈을 깜빡거리더니.
"야, 크로 주제에 건방지게!"
"아얏?!"
맞았다.
자신은 걱정을 해줬을 뿐인데, 이상하게도 얻어맞았다.
"나보다는 너 자신을 걱정하지 그래?! 나 참. 허약한 너나 앨리스와는 달리 나는 감기조차 안 걸리거든?"
흥! 하고 에브가 팔짱을 꼈다.
"마트 할인 타임이야. 내가 갔다 올 테니까, 크로, 앨리스. 너희는 집에서 기다려."
"앗, 언니. 그럼 나도——."
"나 혼자 가도 돼. 알았어? 앨리스, 넌 수면 부족이라며. 얌전히 푹 쉬기나 해. 크로, 너도. 퇴원한 직후에 무리해서 쓰러지기라도 하면 곤란하니까."
"…………."
"…………."
그런 에브의 대답에.
크로스웰과 앨리스로즈는 무심코 서로 얼굴을 마주 봤다.
"응? 뭐야, 너희들 반응이 왜 그래?"
"아니~ 그냥."
"있잖아, 에브 언니의 그런 어린애 같은 점. 나는 좋아해."
"누, 누가 어린애 같다는 거야?! 아무리 봐도 언니다운 태도잖아?! 야, 앨리스, 왜 그렇게 히죽히죽 웃어?! ……아아, 됐어, 너희들 마음대로 해!"

새빨개진 얼굴로 에브는 밖으로 뛰쳐나갔다.

그 사랑스러운 뒷모습을 사이좋게 지켜보는 크로스웰과 앨리스로즈.

——그렇다.

그 빛의 대폭발이 일어났어도 또다시 평소와 같은 일상이 돌아올 거라고.

크로스웰은 진심으로 믿어 의심치 않았다.

이때까지는, 아직은.

2

밤이 깊어갔다.

흐릿한 푸른 하늘이 검은 장막으로 뒤덮인 지 벌써 몇 시간이 지났다. 제도의 거리에서도 한 집, 또 한 집, 그렇게 불이 점점 꺼졌다.

대로에서 시끄럽게 울려 퍼지던 자동차 주행음도 사라졌고.

이제는 새소리나 벌레 울음소리도 들리지 않았다.

제도 사람들이, 아니, 제도 그 자체가 잠들어버린 한밤중에——.

……뭐지?

크로스웰이 눈을 뜬 이유는 희미한 소음 때문이었다.

부스럭 하고 천이 부딪치는 소리.

이어서 누군가가 바닥을 구르는 듯한 진동과, 한껏 눌러 죽인 나지막한 신음.

그것은——.

자신의 잠자리 바로 옆에서 나는 소리였다.

"……아…… 윽………… 읏…… 시, 싫어…… 뜨거워………… 그만…………."

앨리스 누나?

어두컴컴한 거실에서는 거의 아무것도 보이지 않았다.

끙끙거리는 소리는 바로 옆에서 자는 친척 누나가 내는 것이리라. 몇 센티미터 앞도 보이지 않는 새까만 암흑 속에서 크로스웰은 숨죽이고 눈을 부릅떴다.

——그럴 필요는 없었다.

화악.

자기 눈앞에 어렴풋한 빛이 생겨나서 친척 누나의 모습을 비춰줬기 때문이다.

"앨리스 누나?!"

"…………윽………… 크…………로…………."

창백해진 소녀가 이쪽을 돌아봤다.

친척 누나 앨리스로즈는 잠옷을 벗어던진 부끄러운 모습으로 그곳에 있었다. 맨살에 속옷만 걸친 모습이었다.

그런데 그 목덜미와 등에서는 굵은 땀방울이 폭포수처럼 흘러내리고 있었다.

"누나?! 무슨 일이야!"

"…………크로…… 군…………."

계속 거칠게 숨을 쉬는 친척 누나가 촉촉한 눈동자로 이쪽을 쳐다봤다.

"몸이…… 뜨거워……."

"감기야?"

"……아니야…… 그런 게, 아니야……. 몸속에 마그마가 흘러들어온 것처럼, 화상을 입을 정도로 뜨거워서……."

"뭐라고?"

아까 낮에 나눴던 대화가 머릿속에 떠올랐다.

"앨리스 누나, 눈이 부은 것 같은데?"

"아, 내 눈? ……응, 실은 엇그제부터 수면 부족 상태라서."

수면 부족의 정체가 이것이었나.

"더워서 잠을 설쳤다고? 이건 그런 게 아니잖아! 앨리스 누나, 언제부터 이랬어?!"

"…………."

"일단 빨리 병원에——엣?!"

팔을 붙잡혔다.

목소리도 못 낼 정도로 가쁜 숨을 내쉬면서 괴로워하는 친척 누나가, 필사적인 얼굴로 크로스웰의 손목을 붙잡은 것이었다.

――하지 말라고.

병원에는 가기 싫다는 것이었다. 그럼 그 이유는 무엇인가.

해답은 누나의 왼쪽 어깨에 있었다.

"……그, 그게 뭐야?!"

친척 누나 앨리스로즈의 왼쪽 어깨에 생겨난 초록색 멍 자국. 방을 은은하게 비추는 빛은 그 멍에서 방출되고 있었다.

……내 목에 생긴 것과 같은 멍인가?!

……아니다. 내 멍은 보라색인데, 누나의 멍은 초록색이잖아?!

형태도 달랐다.

자신의 멍은 뒤틀린 나선형인데, 누나의 멍은 둥그스름한 하트형과 비슷했다.

……나뿐만 아니라 앨리스 누나에게도 멍 자국이 생겨났다.

……잠깐만, 그럼 에브 누나는?

"에브 누나! 큰일 났어, 앨리스 누나가――――."

말을 하다가 도중에 말문이 막혔다.

왜 에브가 일어나지 않는 걸까?

이렇게 큰 소리로 떠드는 것에 대한 무반응도 이상했지만, 애초에 동생이 밤마다 이토록 괴로워하는데도 눈치채지 못하는 언니라니. 에브가 그럴 리는 없었다.

"——나를 부르고 있어."

애티가 남아 있는 음성.

그쪽을 돌아본 크로스웰의 눈앞에서 창문 커튼이 확 젖혀졌다. 집 안으로 들어오는 달빛. 그 창백한 빛을 받으면서 소녀가 서 있었다. 햇볕에 탄 갈색 피부의 소녀가.

"에브 누나……?"

"————."

무반응. 안 들리는 걸까?

커다랗게 부릅뜬 두 눈으로 바깥을 바라보던 에브가 돌연 움직이기 시작했다.

얇은 잠옷 차림으로. 맨발인 채.

열린 창문을 뛰어넘자마자 대로를 따라 가볍게 걸어가기 시작했다.

"에브 누나, 어디 가?! 지금 앨리스 누나가 큰일 났다고!"

대답은 없었다.

멀어져가는 에브의 뒷모습을 본 순간, 크로스웰의 뺨을 차가운 것이 스치고 지나갔다.

——암색(暗色) 멍 자국.

얇은 잠옷 천을 뚫고 은은하게 빛나는 암색 멍 자국이 드러나 있었다.

그것도 등을 뒤덮을 정도로 거대했다.

……에브 누나의 등에도 똑같은 멍이 생겨난 것이었다.

……도대체 뭐야. 무슨 일이 일어나고 있는 거야?!

직감적으로 깨달았다.

이 멍 자국 때문이다. 앨리스로즈 누나가 열이 나서 괴로워하는 것도, 에브 누나가 자아를 잃은 인형같이 변해버린 것도.

……나도 저렇게 되는 걸까?

……아니, 지금은 그런 것을 생각할 때가 아니야!

쌍둥이 자매를 구해야 한다.

고열에 시달리는 여동생과 자아를 잃고 집에서 뛰쳐나간 언니. 자기 혼자서는 둘 중 하나만 돌볼 수 있었다. 누구를 우선시해야 하나?

"윽! ……미안해, 앨리스 누나. 꼭 10분 이내에 돌아올게!"

계속 거친 숨을 내쉬는 여동생을 일단 자리에 눕혔다.

먼저 대응해야 할 상대는 언니였다.

……에브 누나의 등에 있는 멍 자국은, 자신이나 앨리스 누나와는 비교도 안 될 정도로 눈에 띄었다.

……저런 것을 남들이 본다면 큰 소동이 일어날 것이다.

밤에 빛나는 멍이라니. 그런 것은 있을 수 없다.

십중팔구 다른 사람들은 꺼림칙하게 여길 것이다. 안 그래도 5일 전 사고에 휘말린 사람이니까. 심각한 소동이 벌어질지도 모른다.

"아아, 젠장. 도대체 이게 무슨 일이야?!"
옷 갈아입을 시간은 없었다.
크로스웰은 잠옷 위에 대충 웃옷을 걸치고 밖으로 뛰쳐나갔다.
어디야? 어디로 갔어?
"저쪽인가?!"
밤의 어둠 속에서 어슴푸레한 가로등 불빛을 받은 금발 머리 소녀의 모습이 간신히 눈에 띄었다.
거센 찬바람을 헤치면서 그 조그만 뒷모습을 쫓아갔다.
――기시감.
낮에 자신이 지나왔던 대로.
이 길을 따라 달려가면 자신이 입원했었던 병원이 나오고, 그 길 도중에는――――.
"설마?!"
목적지가 어디인지 짐작이 갔다.
자신의 목에, 앨리스로즈의 어깨에, 그리고 에브의 등에 수수께끼의 멍 자국이 생긴 계기인 그 대폭발 사건의 현장.
"별의 배꼽!"
이중 삼중으로 에워싸듯이 설치된 바리케이드.
그 정도 규모의 대폭발이 일어났으니 그것도 당연했다. 미지의 에너지가 또다시 분출될 가능성이 있으므로, 사람이 접근하는 것을 막기 위한 처치임이 틀림없었다.
그런데――.

그 강철 철조망과 와이어가 끊어져 있었다.

"……어?"

특수한 기구로만 절단할 수 있는 합금 와이어가, 감시카메라 케이블까지 다 포함해서 마치 엄청난 고열로 구워진 것처럼 줄줄 녹아내려 끊어져 있었다.

강철 철조망도 마찬가지였다.

정확히 작은 소녀 하나가 통과할 만한 크기의 구멍이 뚫려 있었다.

……이봐, 잠깐만. ……농담이지?

……설마 누나가 이런 짓을…… 했을 리는…… 없겠지……?

인간의 능력이 아니었다.

합금 와이어를 끊는 것은 그렇다 쳐도, 도대체 무슨 수로 녹인단 말인가.

그리고.

팽대한 빛이 뿜어져 나왔던 그 거대한 구멍 앞에 에브가 있었다.

달빛을 받으면서.

갈색 피부를 바탕으로 드러난 등의 거대한 멍 자국. 반짝반짝 빛나는 금발을 휘날리면서. 그녀는 뻥 뚫린 지상의 커다란 구멍을 들여다보고 있었다.

"누나, 나야!"

들리지 않을지도 모른다.

그러나 이렇게 말을 거는 방법 말고는 아무것도 떠오르지 않았다. 현재의 자신에게는.

"지겨워도 계속 말할게. 앨리스 누나가 지금 큰일 났어. 당장 나와 같이 집으로 돌아가자!"

"———."

"누나, 제발!"

"누구냐."

"뭐?"

너는 누구냐.

이 상황에서 친척 누나에게서 그런 말을 듣는 것도 속으로는 어느 정도 각오하고 있었다. 그런데 누나의 입에서 튀어나온 것은 그보다 더 불가사의한 한마디——.

"나는 누구냐."

"……응? 저기, 그게 무슨 뜻이야?! 에브 누나?!"

"나…… 나는…… 나……는…… 뭐지…………? 이, 인간…… 성령…………?"

작은 몸통에 달린 가느다란 사지가 덜덜 떨리기 시작했다.

머리를 감싸 쥐고 몸을 구부리면서.

"……나…… 난…………."

얇은 잠옷 너머로, 그 등의 멍 자국이 한층 더 강하게 빛나더니——.

마치 분화하듯이 엄청난 빛이 뿜어져 나왔다. 5일 전 여기서 발생했던 대폭발의 빛보다 더하면 더했지 못하지는 않은 찬란한 빛의 분류였다.

"앗?!"

결정적이었다.

인간의 육체에서 빛이 뿜어져 나오다니, 그런 것은 그냥 이상한 정도가 아니라 초자연 현상이었다.

……평범한 멍이라고 하고 넘어갈 수는 없었다.

……우리의 몸에서 변이가 발생하고 있다. 이 멍은 그 변이의 증표인 것이다!

친척 누나 에브의 멍은 그 누구보다도 컸다.

그것이 에브에게 영향을 주고 있는 것도 확실했다. 그런데 뭘 어떻게 해야 할까.

"…………크……로…… 도망……쳐!"

"뭐?!"

"아, 아아아아아아아아아아악!"

저렇게 작은 몸의 어디에 그런 성량이 숨겨져 있었을까. 그만큼 어마어마한 비명을 내지르면서 에브 소피 네뷸리스가 절규했다.

그 온몸에서 수백 개나 되는 섬광이 뻗어 나왔다.

소리는 없었다.

크로스웰의 뺨을 스치고 지나간 섬광 한 줄기가, 이 채굴장에 있었던 쇠기둥을 흔적도 없이 증발시킨 뒤 하늘로 사라져 갔다.

하늘로 비상한 섬광이 구름에 닿은 순간, 그 구름도 깨끗이 소실돼버렸다.

"…………말도 안 돼."

도대체 얼마나 엄청난 고열이어야 저 굵은 쇠기둥을 없애버릴 수 있는 걸까.

그것이 수백 개나 되었다.

우연히 상공으로 발사됐으니 다행이지, 만약에 이 섬광의 비가 지상을 향해 발사됐더라면 제도의 한 구역이 통째로 소실됐을 것이다.

"…………크로………… 도와줘……."

"……누나?"

작은 소녀가 바로 눈앞에 있었다.

무릎을 꿇고, 크로스웰의 옷자락을 양손으로 꽉 붙잡은 채 애원하는 것처럼 연약한 얼굴로 이쪽을 쳐다보고 있었다.

"……나…… 이런 거…… 싫어…………."

천천히 무너져 내렸다.

친척 누나 에브는 끝까지 그의 옷을 꽉 붙잡은 채, 그 자리에서 의식을 잃었다.

3

다음 날 아침.
쌍둥이의 대답을 들은 크로스웰은 할 말을 잃었다.
"뭐? 크로, 무슨 소리야? 내가 이 창문을 넘어 밖으로 뛰쳐나갔다고?"
"내가 밤에 괴로워했다고? ……미안. 난 전혀 기억이 안 나."
자매는 기억하지 못했다.
어젯밤에 무슨 일이 일어났는지. 그들이 유일하게 실감하고 있는 것은「왠지 수면 부족」인 것 같은데~ 하는 나른함밖에 없었다.
……앨리스 누나는 그때 그렇게 괴로워했었는데.
……에브 누나도 그 채굴장에서 일어난 사건을 전혀 기억하지 못했다.
기억의 결락.
지금 당장 의사에게 데리고 갈까? 하지만 이 자매는 며칠 전에 정밀검사를 받고「이상 없음」으로 퇴원했다. 병원에서도 이 상황을 해명해주지는 못할 것이다.
……원인은 명확했다.
……그 대폭발의 빛을 뒤집어쓰고 나서, 그곳에 있던 인간에게 기묘한 멍 같은 반점이 생기더니 이상해진 것이다.
희미하게 빛나는 반점.
크로스웰도, 에브도, 앨리스로즈도. 그 누구도 똑같은 색이나 형태는 아니었다.

"이봐, 크로. 왜 갑자기 입을 다물고 있어?"

에브가 등을 팍팍 두드렸다.

간밤의 그 착란 상태가 마치 환상이었던 것처럼, 평소와 같이 기운 넘치는 모습이었다.

"야, 너. 그 대폭발이 신경 쓰여?"

"……솔직히 말하자면, 응. 많이 신경 쓰여."

"그래? 우리한테는 그보다도 다음 직장을 찾는 것이 더 중요한데."

별의 배꼽에서의 채굴 작업은 끝났다.

광부 동료들도 뿔뿔이 흩어졌고, 또 제도에서 새로운 일거리를 찾게 될 것이다.

"……누나, TV 틀어도 돼?"

"어차피 모든 채널에서 그 폭발 사건 특집 방송밖에 안 하는데?"

"그걸 보고 싶어."

"전에 나왔던 정보를 재방송해주는 거라서 재미도 없거든~? 뭐, 오늘은 한가하니까 보든 말든 상관없지만."

방구석에 있는 TV를 켰다.

입원했을 때도, 또 어제도 흘러나오는 뉴스는 그 사건에 관한 특집 방송밖에 없었다. 단, 에브가 말했듯이 새로운 정보는 좀처럼 나오지 않았다.

……내가 원하는 것은 반점에 관한 정보였다.

……나처럼 그것에 신경 쓰는 녀석들이 슬슬 등장해도 이상하

진 않을 것이다.

눈 깜빡이는 시간조차 아까워하면서 TV를 뚫어져라 봤다.

『제54차 지원 관측점 대폭발의 속보(續報)입니다.』

『통칭 「별의 배꼽」이라고 불리는 그 현장에서는, 지저에 있는 새로운 에너지를 발굴하는 작업이 진행되고 있었습니다만 사건은 그 개통식에서 발생했습니다.』

『제국 의회의 발표에 의하면 이것은 지저에서 새로운 에너지가 분출됐기 때문인데——.』

『전문가는 이것을 「볼텍스(미지의 기령(氣靈) 분출 사건)」이라고 명명.』

『이 볼텍스의 피해자는 784명. 방금 전원 퇴원한 것이 확인됐습니다. 생명에는 지장이 없다고 합니다.』

"자, 어때? 전혀 중요하지 않은 정보밖에 없지?"

바닥을 뒹굴면서 에브가 탄식했다.

"볼텍스으~? 그게 뭐야. 폭발의 이름 따위는 뭐가 됐든 상관없거든? 우리는 지금 일이 없어져서 큰일 났는데."

"하지만…… 다들 무사한 것 같아서 다행이야."

휴 하고 가슴을 쓸어내리는 앨리스로즈.

"그렇게 큰 폭발이 발생했는데도 그저 빛과 소리만 요란했었잖아? 성령이라고 했나? 그 에너지가 무해해서 정말 다행이었어."

무해?

정말로 무해한 건가?

"………….."

자매에게 들키지 않도록 슬그머니 자신의 목을 손으로 만져 봤다.

반점이 있는 장소.

건드려도 위화감은 없었다. 아픔이라든가 그 외의 감각은 전혀 느껴지지 않았지만, 「그곳에 있다」는 사실은 기묘할 정도로 확신할 수 있었다.

『이어서 새로운 정보입니다! 어젯밤에 들어온 새 영상을 소개해드리겠습니다!』

어젯밤의 새 영상?

그 단어에 반사적으로 에브 쪽을 돌아봤다.

설마 어젯밤의 그 장면을 누가 본 건가? 아냐, 그렇다면 보도진이나 경찰 같은 사람들이 우리 집으로 몰려왔을 것이다.

『영상의 주인공은 제54차 지원 관측점에서 일했던 열네 살 소녀입니다. 그 소녀는 볼텍스의 빛을 뒤집어쓰고 바로 얼마 전까지 입원 생활을 계속했었습니다.』

에브와 키가 비슷한 소녀였다.

약간 컬이 들어간 곱슬머리가 특징적인 갈색 머리 소녀. 아마도 처음 상대하는 듯한 카메라 앞에서 다소 수줍은 듯이 움츠러든 모습이었다.

"어머나, 뮈샤?"
"저건 뮈샤잖아!"
앨리스로즈와 에브가 둘 다 눈을 동그랗게 떴다.
TV에 나온 것은 직장 동료였던 소녀. 그 소녀도 볼텍스에 휘말렸고, 자신들과는 다른 병원에서 치료를 받았을 것이다.
"어째서 TV에 나온…… 으응?"
에브가 화면을 뚫어져라 봤다.
TV에 나온 뮈샤가 자신의 손바닥을 활짝 펼쳐 보였다.
붉은 반점.
자기들과 비슷한 반점이 뮈샤의 손바닥에도 있었다. 그런데 놀랍게도, 그 직후——.

새빨간 불꽃이 손바닥의 반점에서 튀어나왔다.

"앗?!"
"……어?"
"헉?! 자, 잠깐만, 방금 그거 뭐야?! 무슨 마술이야?!"
에브가 TV를 향해 소리를 질렀다.
전 세계의 시청자가 완전히 똑같은 의문을 느꼈을 것이다.
방금 그 속임수는 뭐야? 하고.
『마술이나 화학 트릭이 아닙니다.』
『볼텍스에 휘말려 입원했던 분들에게 이런 반점이 생겼다고 합니다. 그 사건에서 성령이라고 불리는 새로운 에너지를 뒤집어썼던 분들입니다!』

마침내 올 것이 왔구나.

"________."

주르륵 하고 뺨을 타고 흐르는 식은땀.

마침내 이 반짐에 주목하는 자가 나타나기 시작했다. 이 반점이 생긴 사람에게 이상한 힘이 깃든다는 사실은, 자신도 어젯밤에 에브를 통해 직접 확인했다.

……뮈샤도 그렇다는 것은, 역시 우리 가족 세 사람만의 문제가 아니었던 것이다.

……이것은 그 장소에 있었던 사람들 전원과 관련된 현상이었다.

그것이 마침내 TV를 통해 전 세계에 방송되었다.

"이, 이봐, 앨리스. 너 어깨 좀 보여줘!"

"꺅?!"

셔츠 옷깃을 젖히면서 동생의 어깨를 뚫어지게 관찰하는 언니.

뮈샤와는 다른 반점이 그곳에 있었다.

"……앨리스. 너도 저런 거 할 수 있어?"

"모, 못 해!"

고개를 마구 옆으로 흔드는 동생.

"그러는 언니는?!"

"앗, 야, 앨리스?!"

이번에는 동생 차례였다. 언니가 입고 있는 셔츠를 대담하게 훌렁 걷어 올렸다. 그리고 등 전체를 뒤덮을 듯한 암색 반점을 바라보더니.

"……언니의 반점. 더 커지지 않았어?"

"아, 아니, 뭐 어쩌라고—?! 이미 생겨버린 것은 어쩔 수 없잖아? 하지만 나도 뮈샤 같은 마술은…… 할 줄 몰라—!"

에브의 발언은 반쯤은 정답이었고, 또 반쯤은 오답이었다.

불꽃은 발사할 수 없을지도 모른다. 그러나 크로스웰은 목격했었다. 에브의 온몸이 환하게 빛나더니, 거기서 가공할 위력의 섬광이 수백 개나 발사되는 장면을.

뮈샤와는 비교도 안 되는 규모였다.

"……우리의 이 반점은, 대체 뭐지……?"

자신의 어깨를 누르면서 앨리스로즈가 조그맣게 중얼거렸다.

"……언니."

"그걸 누가 알아?! 방금 말했잖아. 이런 것은 우리한테 제멋대로 생겨난 거니까. 의사든 학자든 누구든, 그런 사람들이 마음대로 연구하면 되는 거 아냐?!"

에브는 반쯤은 배 째라는 식으로 나왔다.

"다음 직장을 정하는 것이 훨씬 더 중요해. 우리는 그것만 생각하면 돼!"

그러나.

——사회는 그것을 용납해주지 않았다.

TV 방송 다음 날부터.

볼텍스의 빛을 뒤집어쓴 피해자 중에 「반점」이 생긴 사람이 있는지 없는지 알아내려고, 수십 명이나 되는 신문기자와 방송국 취재팀이 몰려왔던 것이다.

그것도 매일.

함부로 밖에 나갔다가는 수십 명이나 되는 취재팀에게 포위될 게 뻔한 하루하루였다.

"제기랄, 웃기지 마! 우리는 구경거리가 아니거든?!"

배짱 좋은 에브도 이제는 곤혹스러움을 숨기지 못했다.

특히 앨리스로즈는 이 세상 사람들에게 감시당한다는 긴장감 때문에 점점 컨디션이 나빠지기 시작했다.

"……에브 언니. 더 이상 오지 말라고 부탁해도 될까?"

"바보야! 우리가 그런 식으로 모습을 드러내면 당장 카메라에 찍혀 방송돼버릴 거야. 저런 취재기자들이 우리의 건강을 걱정해줄 리가 없잖아?!"

24시간 감시당하는 죄수나 마찬가지였다.

이대로 있으면 마트에 장 보러 가지도 못하고, 일상생활도 제대로 못 할 것이다.

이 상황을 호전시키려면?

이 방송국과 신문기자들을 제지하고 또다시 전과 같은 생활로 돌아가려면 어떡해야 할까.

매일 낮, 매일 밤, 잠자는 시간조차 아껴가면서 생각해본 결과.

"……그 녀석이다."

뇌리에 떠오른 것은 친근한 미소를 짓는 「말벗」이었다.

황태자 융메룽겐.

그 볼텍스에도 휘말렸던 당사자이기도 하니까, 이 사건의 정보를 그 누구보다도 열심히 모으고 있을 것이다.

……그 녀석도 우리처럼 입원했을까?

……용태가 어떤지도 궁금했다. 현재까지는 소식이 없기도 했고.

내가 먼저 연락하지는 않는다.

그 원칙도 이번만은 어쩔 수 없었다. 워낙 특수한 상황이라서.

"융메룽겐! 제발, 받아줘!"

지푸라기라도 잡는 심정으로 통신기를 꽉 붙잡았다.

그러나 수십 번 전화를 걸어도 연락이 되지 않았다.

"아아, 그래, 어쩔 수 없지. 그 녀석도 바쁠 테니까……………… **라고, 납득하고 넘어갈 수 있겠냐**?!"

참는 것도 이제는 한계였다.

쌍둥이도 그랬다. 언니 에브는 피로가 쌓인 것 같았고, 동생 앨리스로즈는 몸이 안 좋아져서 드러누웠다. 이런 상황을 타개하기 위해서는 융메룽겐의 협력이 필요했다.

"『넌 언제든지 써도 돼』라고 말한 사람은 너였으니까!"

만나러 가야겠다.

천수부와 연결된 그 비밀의 샛길을 이용해서.

4

천수부.

제국 전체를 통틀어 극소수의 요인들만 철저하게 신분 증명을 함으로써 겨우 들어갈 수 있는 천제의 궁전.

그곳의 경비와 감시를 피해서.

"……두 번째여도 역시 긴장되는구나."

크로스웰은 스테인드글라스가 빛나는 찬란한 복도를 바라봤다.

첫 번째와 같았다.

달리기 경주도 할 수 있을 정도로 넓고 긴 복도. 이따금 경비원처럼 보이는 사람이 그곳을 지나갔다.

——황금색 장식으로 꾸며진 커다란 문.

말할 것도 없이 그것은 황태자 융메룽겐의 방이었다. 단, 당연히 밖에서는 열 수 없었다. 안쪽에 있는 사람, 즉 융메룽겐이 열어줘야 한다.

"……그런데 응답이 없네."

통신기에서 그 녀석의 반응은 없었다.

"이봐, 융메룽겐! 너 방 안에 있지?!"

복도를 지나가는 경비원에게 들릴지도 모른다는 위험을 무릅쓰고 큰 소리로 말했다.

계속해서 문을 두드렸다.

자신이 여기 있다. 그 사실을 전달하려고 몇 번이나 되풀이하여 이름을 부르고 문을 두드렸다.

……이렇게까지 했는데도 대답이 없다니.

……통신기 연락도 안 받고. 설마 그 녀석, 아직도 어딘가에 입원 중인가?

그렇다면 더는 어쩔 수 없다.

여기까지 찾아왔는데, 정작 황태자는 부재중일지도 모른다.

"제기랄, 없으면 없다고 대답을 하란 말이야……!"

자포자기해서 온 힘을 다해 문을 확 밀었다.

고개를 젖히고 쳐다봐야 할 정도로 거대한 자동문이었다. 인간의 힘으로 억지로 여는 것은 불가능. 대형 트럭이라도 충돌하지 않는 한, 꿈쩍도 안 할 것이다. 그것은 알고 있었다.

분명히 그럴 텐데——.

나를 받아들여줘.

So E lu emne xel noi Es.

누군가가 속삭였다.

누구 목소리지? 그런 의문을 느낄 새도 없이, 돌연 눈부시게 환한 빛이 생겨났다.

보라색 빛이었다.

"……어? 내 반점이?!"

눈앞을 비추는 빛. 그것은 자신의 목에 있는 반점에서 솟구치고 있었다. 그 사실을 눈치챈 직후에 이변이 발생했다.
삐거덕.
힘껏 밀고 있었던 문의 연결구가 삐걱거리더니, 문이 조금씩 열리기 시작한 것이다.
"……앗?!"
순수하게 힘으로 밀어붙여서 억지로 기계식 문을 비집어 열고 있었다.
수십 명이나 되는 인간들이 일제히 밀어도 꿈쩍도 안 할 황태자의 방의 문을.
……뭐야, 내 완력이 왜 이래……?
……설마. **그런 것**인가?!
이미 자신에게도 초인적인 힘이 깃들어버린 것이다.
다만 일찍 발각되지 않았다. 뮈샤의 불꽃이나 에브의 섬광같이 알기 쉬운 초자연 현상이 아니니까. 그동안 눈치챌 계기가 없었을 뿐이다.
"……내 몸도…… 도대체 어떻게 된 거야…………."
하지만 그런 문제는 나중에 생각하자.
열린 문의 틈새로 재빨리 잠입했다.
호텔 스위트룸만큼이나 호화로운 방 안으로.
"융메룽겐! 여기 있어?!"

『…………………………………크로?』

가느다란 소리가 났다.

넓은 방의 한구석에 있는 캐노피 침대에서.

"아, 다행이다. 융메룽겐. 너 있었구나. 갑자기 쳐들어와서 미안한데, 지금 제도에서 난리가 났어. 나랑 내 가족들도 그렇고. 그래서 네가 뭔가 알고 있지 않을까? 하고——."

『오지 마!』

"응?"

『……오지 마…… 오면 안 돼…… 제발 부탁이니까, **보지 마.**』

보지 마.

들어본 적 없는 그 말의 위화감 때문에, 무의식중에 침대 쪽을 응시하고 말았다.

얇은 커튼 너머에서 비쳐 보이는 그림자.

침대 위의 이불이 부풀어 오른 것이 보였다. 그런데 저것은 뭘까?

이불에서 튀어나온 커다란 은색 꼬리.

이불 속에 동물이 있는 건가?

고양이 꼬리라고 하기에는 너무 큰데, 여우가 인간의 방에 있는 것도 부자연스러웠다. 그리고 또 융메룽겐 본인은 어디 있단 말인가?

"융메룽겐, 너 어디 있어?"

『…………』

“침대 위에 있는 것은 네가 키우는 동물이야? 여우인지 고양이인지 잘 모르겠는데.”

『!』

그 순간, 부풀어 오른 이불 속에 있는 「동물 같은 것」이 흠칫! 하고 떨었다.

“이봐, 융메룽겐?”

잠깐의 침묵이 흐른 뒤.

『…………건드리면 안 되는 거였어.』

융메룽겐의 음성은 침대 위에서 들려왔다.

『별의 중추에서 나온 것은 에너지가 아니야. 의사(意思)를 가지고 있는 수만, 수억의 성령들. 그것이 인간에게 들러붙은 거야. 그 힘은 너무나 강력해서, 완전히 융합해버리면 더 이상 인간으로 남아 있지 못하게 돼.』

“뭐?”

그게 무슨 뜻이야.

솟아나온 것은 에너지가 아니라고? 성령이 들러붙는다는 것은 또 뭐야?

『……인간이 아니게 되는 거야.』

“이봐, 융메룽겐. 무슨 소리——.”

『마치 멜른처럼.』

이불이 허공을 날았다.

그 이불을 눈으로 좇았는데, 그와 동시에 맹렬한 통증이 목과 등을 덮쳤다. 하마터면 기절할 뻔했다.

"……크억?!"

정신을 차려 보니.

누군가가 자신의 목을 꽉 붙잡아 벽에다 처박아놓고 있었다.

『아하하!』

"야, 너……?!"

황태자 융메룽겐의 모습이 보였다.

그러나 자신의 목을 누르고 있는 존재는, 괴물이었다.

아름다운 푸른 머리카락은 완전히 은색으로 변해버렸고, 그 온몸은 여우를 연상시키는 풍성한 체모로 뒤덮여 있었다. 또 흉악한 발톱과 이빨이 나 있었고, 하반신에는 꼬리가 달려 있었다.

동화 속에 나오는 수인 같은 괴물이었다.

『찾았다, 인간. 자, 멜른과 같이 놀자.』

융메룽겐이었던 존재가 그렇게 말했다.

본인이라는 일인칭을 버리고, 이제는 「멜른」이라고 자칭하고 있었다.

게다가 크로라는 애칭은 「인간」이 되었다.

"너, 뭐야?!"

『멜른은 멜른이야. 인간이고 성령이고, 온통 뒤섞여버렸어.』

즐겁게 크로스웰의 목을 졸랐다.

크로스웰의 등에 닿은 벽은 지나친 압력을 견디지 못하고 삐걱

거리면서 금이 가기 시작했다. 보통 인간이었다면 등뼈가 박살나서 가루가 되었을 것이다.

——얄궂게도.

그의 몸에 깃든 초현실적인 힘이 그의 목숨을 구해줬다.

『아하하! 인간. 튼튼하구나.』

"……어, 그래! 내가 원해서 **이렇게 된 것**은 아니지만!"

자기 목을 움켜잡는 상대의 손을 반대로 확 붙잡았다.

"나도 충분히 열받았거든? 도저히 이해 못 할 일만 잔뜩 일어나서!"

속으로는 어느 정도 각오하고 있었다.

쌍둥이 자매에게 이변이 생겼다. 자기 몸도 이상해졌다.

……그렇다면 이 녀석도 예외일 리는 없다.

……그 폭발의 중심지에 있었으니까. 무슨 일이 생겼을 거라고 예상은 했었어!

그렇게 각오했었기 때문에.

이 상황에서도 아슬아슬하게 냉정함을 유지할 수 있었다.

"이제 슬슬 정신 차려!"

상대의 손목을 붙잡아 힘껏 던져버렸다.

바닥으로.

그러나 바닥에 패대기쳐지기 직전에 그 은색 수인은 고양이같이 민첩하게 몸을 뒤집었다. 가볍게 바닥에 착지하더니 즉시 또 덤벼들었다.

나이프같이 날카로운 손톱을 휘둘러——.

『**내놔.**』

그 손톱이, 이쪽에 닿기 직전에 멈췄다.
"어, 융메룽겐?"
『……이 육체는…… 본인의…… 멜른…… 본인의…… 멜른의…….』
은색 수인이 멈췄다.
그 자리에서 힘없이 무릎을 꿇더니 자기 머리를 붙잡고 바들바들 떨기 시작했다.
무슨 일이 일어난 거지?
반쯤 넋 놓고 그 모습을 바라보고 있었는데, 그런 자신에게.
『…………**크로**…….』
머리를 싸쥔 채 은색 수인이 갈라진 목소리로 그렇게 말했다.
「크로」라고.
좀 전까지 말했던 「인간」이 아니라, 융메룽겐이 부르던 애칭으로.
『……문을…… 닫아…….』
"……! 알았어!"
자신이 열고 들어온 문을 허둥지둥 닫았다.
경비원이 이 소음을 듣고 달려오기 전에.

『…………괜찮아…… 이제, 한동안 괜찮을 테니……까…….』
황태자가 바닥에 주저앉은 채 고개를 들었다.
좀 전에 자신이 졸라서 붉게 부어 오른 크로스웰의 목과, 짐승으로 변해버린 자신의 모습을 번갈아 보더니.
『……정말…… 무슨 말을 하면 좋을지 모르겠다……. 크로, 미안해…….』
황태자 융메룽겐은 당장이라도 울 것 같은 목소리로 그렇게 말했다.
『……이 모습을 좀 봐……. 끔찍하잖아……. 이렇게 손톱과 이빨이 나고…… 털북숭이 상태로…… 겨우 하룻밤 만에 이런 꼴이 되었어.』
"융메룽겐."
『……왜.』
"나는 이 일련의 현상은 네가 가장 자세히 알고 있을 거라고 생각해."
단호하게.
융메룽겐의 자학적인 혼잣말을 막아버렸다.
"너만 그런 게 아니야. 비슷한 이상 현상이 수백 명 단위로 발생하고 있어. 나도, 또 우리 가족들도. 그 채굴장에서 일했던 직장 동료도."
『………….』
"그래서 나는 네 이야기를 들으려고 왔어. 가능한 한 진취적인

이야기를 하고 싶어."

『……크로. 넌 참 낙천적이구나.』

은색 수인이 힘없이 살짝 쓴웃음을 지었다.

『이런 상황이잖아? 보통은 좀 더 당황하거나 혼란스러워해야 하는 거 아냐?』

"실제로 당황했고 혼란스럽기도 해. 이미 감각이 마비됐어."

『……음. 이런 모습을 보고도 싫어하지 않다니…… 왠지 좀, 기쁘다.』

머리에서 튀어나온 자기 귀를 쓰다듬으면서.

융메룽겐은 문득 부드러운 표정을 지었다.

『네가 모처럼 여기까지 와줬으니까. 하는 수 없지. 좋아, 너를 상대해줄게. 그런데 저기, 딱 하나만 부탁하고 싶은 것이 있는데…….』

"뭔데?"

『……어…… 너무, 빤히 보지는 말아줘……. 옷…… 입고 올 테니까…….』

그 말을 듣고 비로소 자각했다.

융메룽겐은 옷을 안 입고 있었다. 인간이라면 알몸 상태일 것이다. 물론 실제로는 온몸이 구석구석 풍성한 털로 덮여 있어서 알몸이라는 인상은 전혀 받을 수 없었지만.

"옷이 필요해?"

『야, 이 바보야!』

혼났다.

그리고 융메룽겐이 옷을 갈아입은 뒤 띄엄띄엄 말해준 내용은——.

『그날 「별의 배꼽」 주위에 있었던 인간들에게 성령이 들러붙은 거야. 그중 상당수는 현재의 크로, 너처럼 아무런 증상도 없지만.』

"증상이 없긴 누가 없어? 내 목에도——."

『성문은 증표에 불과해. 해악은 아니지.』

"……성문이 도대체 뭐야?"

『크로의 목에 달라붙어 있는 반점. 성령이 빙의했다는 증거. 특별히 아프거나 하진 않으니까 증상이 없는 거지. 하지만 그중에는 실제로 해를 입은 사람도 있어.』

천제는 지금도 혼수상태.

게다가 융메룽겐은 육체마저 변모해버렸다. 좀 전에 봤듯이 의식도 혼탁해서, 크로스웰의 통신에도 응할 수 없었던 모양이다.

『들러붙은 성령들은 전부 다 제각각이야. 멜른은 그중 최악의 예에 해당하고.』

"이봐."

반사적으로 방어태세를 취할 뻔했다.

일인칭이 본인이 아니라 멜른이었다. 아까처럼 자신을 공격하는 게 아닐까?

『섞이는 중이야.』

바닥에 책상다리를 하고 앉은 융메룽겐이 자조적으로 살짝 쓴

웃음을 지었다.

『좀 전처럼 의식을 빼앗기고 날뛰는 경우는 없을 거라고 믿고 싶지만……. 아마 멜른은 앞으로도 쭉 이런 상태일 거야.』

"……그 모습으로 산다고?"

『싫지는 않아. 이제는 그냥 이 모습으로 살아도 된다는 생각도 들어. 그만큼 인간이었던 시절의 자아와 성령의 융합이 진행됐다는 뜻이겠지.』

육체뿐만 아니라 자아도 점점 변모하고 있었다.

그리고 크로스웰은 알고 있었다. 융메룽겐과 비슷한 증상을 보이는 소녀를.

"……내가 아는 한, 내 친척인 에브 누나가 너랑 비슷한 것 같아."

돌연 의식을 잃고 돌아다닌다.

유난히 커다란 등의 반점, 대규모 병기에 필적하는 힘의 방출. 단순한 파괴력으로만 따진다면 융메룽겐보다 더 엄청난 걸지도 모른다.

"에브 누나의 존재만은 어떻게든 비밀로 하고 싶어. 뭐사 건으로 전 세계의 기자들이 제도로 몰려올 거 아냐?"

『그건 막을 수 없어.』

"……망설임도 없이 대답하는구나."

『그래서 멜른은 방에 틀어박혀 있는 거야. 크로의 가족도 눈에 띄지 않게 조용히 살아가는 수밖에 없어.』

황태자의 권력으로도 완벽하게 제어하는 것은 불가능하다.

제국 내에서 정보를 통제해봤자, 제국 외부의 보도진까지 막을 수는 없기 때문이다.

『멜른의 예상에 의하면, 성령에 씐 사람은 앞으로도 증가할 거야. 아니, 정확히 말하자면 더 많이 발견될 거야.』

"입원 환자는 다 합쳐서 800명 미만이었을 텐데?"

『그것은 「별의 배꼽」 주변에 모였던 관중들이잖아? 기억을 더듬어봐. 성령의 빛은 제도 상공을 향해 분출됐었어.』

"……그렇다면."

『제도 전체를 뒤덮은 거지.』

수만 명이나 되는 민중이 성령의 빛을 뒤집어쓴 것이다.

그중 몇 퍼센트는 성령의 반점이 생기면서 초현실적인 힘을 손에 넣었을 것이다. 지금은 아직 발각이 늦어지고 있을 뿐이다.

……어쩌면 숨기고 있는 걸지도 모르고.

……나와 친척 누나들처럼, 자신의 몸에 이상이 생긴 것을 무서워하면서.

진짜 비상사태는 지금부터 시작될 것이다.

뮈샤 사건으로 인해 전 세계 사람들이 눈치채고 말았다. 이 성령이라는 미지의 힘을.

"이대로 점점 소동이 커지면 우리는 어떻게 되는 거야?"

『――――.』

융메룽겐이 천장을 우러러봤다.

크로스웰이 지켜보는 가운데, 그는 기나긴 침묵 끝에 입을 열었다.
『둘 중 하나야. 운이 좋으면 성령이라는 초현실적인 힘을 지닌 자로서 스포트라이트를 받게 될 테지. 그게 아니라면…….』
"어떻게 되는데?"
『괴물로서 공포의 대상이 될 거야.』

딱 몇 주일 동안에는――.
융메룽겐의 추측은 「운이 좋은 쪽」으로 굴러갔다.
뮈샤처럼 성령의 힘이 깃든 사람은 이번에 손에 넣은 그 기적의 힘을 피로했고, 방송국과 신문기자는 그것을 대대적으로 보도했기 때문이다.
반점에 『성문』이라는 이름을 붙여서.
그 사람들을 일종의 「스타(선택받은 자)」로 떠받들었다.
그러나 한 달 후.
제국 내에서는 서서히 암운이 드리우기 시작했다.

――성령을 지닌 자들의 폭력과 범죄.

단 한 명의 소녀가 「어쩌다 신경에 거슬린」 남자들 여러 명을 화염 성령으로 공격해서 빈사 상태로 만들어버린 폭력 사건.
성령의 힘을 악용하여 민가에 쳐들어가서 금품을 빼앗은 강탈 사건.

"……지난주에는 제도에서 세 건이었어. 그런데 이번 주에는 이것으로 열한 건이야. TV에서도 처음에는 실컷 떠받들어주더니, 이제는 성령 오염자라는 표현을 쓰게 되었어. 오염자라고, 오염자…… 말이 너무 심한 거 아냐?"

『성령의 힘을 얻은 인간은 변하게 되니까. 마음도, 행동도.』

통신기를 통해 전해져오는 융메룽겐의 음성.

『예를 들어 평생 놀고먹을 수 있는 거금을 손에 넣는다면? 대부분은 일을 그만둘 테고, 학교에도 안 가게 될 거야.』

"……돈과 똑같다고 말하고 싶은 거야?"

『성령은 그보다 더 질이 나빠.』

통신기 너머에서 그렇게 이야기하는 융메룽겐은 반쯤 달관한 듯한 말투였다.

『복수를 할 수 있거든.』

"복수?"

『예를 들어 학교에서 집단 괴롭힘을 당했던 아이가 성령의 힘을 얻는다면 어떻게 할까? 아마도 자기를 괴롭혔던 아이들에게 복수할 테지. 딱 알맞은 힘이잖아?』

"…………."

『그 외에도 얼마든지 있어. 빈곤이나 불우 등등 이유는 가지각색이지만, '나는 사회 전체에서 배척되는 인간이다' 또는 '이 세상이 밉다'고 생각하는 사람은 정말로 많거든. 그런 사람 중 몇 퍼센트가 이번에 그 울분을 마음껏 터뜨릴 힘을 손에 넣은 거야.』

성령의 힘은 압도적이다.

손에 넣는 능력은 개인차가 크지만, 평범한 인간에게 그것은 총보다도 훨씬 더 심각한 위협처럼 여겨질 것이다. 실제로 지난 며칠 사이에 경비대가 시내를 순찰하는 장면을 몇 번이나 봤었다.

성령 오염자들의 만행을 경계하는 것이었다.

"……하지만 악용하는 사람은 극히 일부에 불과하잖아."

크로스웰도, 친척 누나들도 그렇지 않았다.

직장 동료였던 사람들도 마찬가지였다. 성령을 지닌 인간의 이미지가 악화됐음을 민감하게 느끼고, 숨을 죽인 채 조용히 살려고 노력하는 중이었다.

『악화(惡貨)는 양화(良貨)를 구축한다는 말, 알아? 원래 나쁜 것이 더 눈에 띄는 법이야.』

"…………."

『물론 멜른도 움직이고 있어. 아바마마가 깨어나지 않으시는 지금으로선, 제국 의회를 실질적으로 지배하고 있는 것은 팔대장로들이야. 마음에는 안 들지만, 그놈들에게도 일단 부탁을 해놨어. 성령 오염자들은 어디까지나 그 사건의 희생자이므로, 근거 없는 낭설로 이미지가 나빠지는 것은 최대한 막아 달라고.』

"그래, 부탁한다."

『성공 가능성은 반반이라고 생각해줘. **그 녀석들은 신용할 수 없으니까.**』

"뭐?"

『멜른은 이런 꼴이라서 사람들 앞에는 나설 수 없어. 이 상황을 바꿀 수 있는 사람은 팔대장로밖에 없어. 하지만…….』

애매하게 말꼬리를 흐리더니.

이 황태자는 웬일로 그답지 않게 갈등하면서 말했다.

『멜른은 그들을 싫어해. 그 녀석들을 맞이한 다음부터 아바마마는 변해버렸거든.』

한없이 어두운 작은 방.

제국 의회의 지하에 마련되어 있는 비밀 청문실.

그곳에서――.

현자라고 불리는 여덟 명의 남녀가 서로 얼굴을 마주 보고 앉아 있었다.

"성령은 실재했어."

"별의 백성 전설은 사실이었던 거야. 우리는 신세계를 창조할 에너지를 손에 넣었다."

"여기까지는 좋아. 문제는――."

"설마 인간에게 빙의할 정도로 친화성이 강한 힘일 줄이야……."

시대를 변혁할 정도로 막강한 에너지.

그 힘이 인간 개개인에게 깃든다는 것은 팔대장로도 예상하지 못한 것이었다.

"이런 것은 상정하지 못했는데……."

"맞아. 온갖 상상과 가정을 거듭했는데도, 현실은 우리의 상정을 뛰어넘었지."

성령의 분출은 화산 분화와 비슷한 것이다.

강신제에서 튀어나온 거대한 에너지는 마치 용암처럼 주위의 모든 것을 가차 없이 태워버릴 것이다. 천제와 황태자도 속절없이 그 사건에 휘말릴 테고.

그런 예정이 크게 틀어졌다.

"융메룽겐이 살아남았어."

성령은 인간을 진화시킨다.

설마 성령이 인간에게 깃들 줄이야. 팔대장로도 예측하지 못한 미래였다.

태풍 같은 바람을 일으키는 힘.

건물 한 채를 태워버리는 불을 피우는 힘.

전차조차 얼려버리는 냉기를 만들어내는 힘.

그런 힘을 가진 인간의 탄생은, 당연히 이 세계 전체의 힘의 균형까지 붕괴시키는 것이었다.

"현재 우리가 알아낸 것만 봐도 성령의 힘은 다종다양하다."

"우리가 파악하고 있는 샘플은 극히 일부에 불과해. 앞으로는 더더욱 우리의 상정을 뛰어넘는 힘을 지닌 자도 등장할 테지. ……하지만. 그건 어떻게든 해결할 수 있어."

"문제는 융메룽겐이다."

"그놈에게 깃든 성령은 아마도 별의 중추에 가장 가까운 성령 중 하나일 것이다."

예상외였다.

성령 에너지의 대폭발에 휘말려 소멸했어야 할 황태자 융메룽겐이, 하필이면 인간을 초월하는 존재로 「다시 태어날」 줄이야.

"융메룽겐은 어렴풋이 눈치챈 것 같아."

"하지만 우리 팔대장로를 건드리지는 못할 거야. 괴물이 된 그 모습으로는 천수부에서 한 발짝도 밖으로 나오지도 못할 테니까. 특히 그 녀석은 아직 어린애잖아."

"제국을 장악하고 있는 것은 우리야."

"앞으로 성령 오염자들은 틀림없이 힘을 기르게 될 것이다. 그 전에 손을 써야 한다. 성령 오염자라는 호칭은 너무 약해. 그보다 더 사악한 이미지를 미리 심어줘야 해."

"———."

"———."

침묵.

여덟 명의 현자들이 서로의 얼굴을 응시하면서 결정한 단어는.

"마녀."

"좋아, 결정됐다. 성령을 지닌 자를『마녀』『마인』이라고 부른다. 제국 영토 전역에서 그 외의 호칭은 금지한다."

"루크레제우스, 국내에서 마녀와 마인이 저지른 범죄의 수는?"

"열한 건."

"적네. 그 정도로는 세상 사람들의 인식을 바꿔놓을 수 없어."

"늘리자."

5

집에 틀어박힌 채 죽은 듯이 조용한 생활을 계속한다.

커튼을 걷어둔 창문 너머에서는 TV나 신문 쪽 기자들이 지금도 주위를 에워싸고 있을 것이다.

크로스웰도, 에브도, 앨리스로즈도.

꽉 막힌 답답한 분위기에 짓눌려 서서히 말수가 적어지는 것은 막을 수 없었다. 즐거운 화제는 단 하나도 없었다.

도대체 며칠이 지났을까.

방의 불조차 꺼버리고 내내 TV에서 나오는 정보만 멍하니 지켜보는 나날.

그런데 오늘은 예외적으로 손님이 있었다.

"미안해!"

엉엉 우는 소녀의 목소리가 좁은 방 안에 울려 퍼졌다.

"……내가…… 내가, 그런 TV 방송에 나가는 바람에……!"

뮈샤였다.

눈가를 문지르는 오른손에서는 붉은 반점이 빛나고 있었다. 이 반점이 불을 피우는 능력이 있다는 사실이 전 세계에 보도된 것이 최초의 계기였다.

"……나도, 처음에는 불안해서 병원에 갔었어. 그런데 방송국 사람들한테 들켰고. 이것은 굉장한 능력이에요! 하고 칭찬을 받아서……. 난 지금까지 남한테 칭찬을 받아본 적이 없으니까, 그게 너무 기뻐서 TV에…………."

"됐어, 네가 잘못한 거 아니야."

바닥에 드러누운 에브가 거칠게 내뱉듯이 그런 말을 했다.

방구석에 있는 TV의 영상을 가리키더니.

"저 뉴스를 봐. 우리는 악마의 반점을 가진 마녀라잖아. 그 마녀가 일으킨 폭력 사건이 국내 여기저기서 계속 늘어나고 있어. 도대체 어떤 멍청한 놈이 그런 짓을 하는지는 몰라도, 그놈 때문에 애꿎은 우리들의 이미지까지 나빠지고 있다고."

성령의 힘을 범죄나 폭력에 이용하는 자가 속출하고 있었다.

지난주까지는 열한 건. 그런데 이번 주에 순식간에 112건으로 늘었다.

단순히 배증되는 정도가 아니라 이차곡선 형태로 급증하고 있다.

"뮈샤, 네가 집을 나와서 도망쳐온 것은 좋은데. 우리 집도 경비대한테 철저하게 감시를 당하고 있어. 어디나 다 똑같아.”

사회의 시선이 달라졌다.

기적의 힘을 지닌 스타였는데, 이제는 위험한 힘을 손에 넣은 감시 대상이 된 것이다.

“……오늘도 마녀 체포자가 나왔대. 뉴스에서 그랬어.”

앨리스로즈가 불쑥 한마디를 했다.

TV를 바라보는 그녀의 표정도 어두워 보였다. 그토록 밝고 사랑스러웠던 친척 누나의 웃는 얼굴을 벌써 며칠이나 보지 못했다.

“……장 보러 나가도, 옆집의 안나 아주머니가 나한테 말도 안 걸어줘.”

“지금 우리한테 말을 거는 사람이 누가 있겠냐? TV에서도 신문에서도 죄다 범죄자 예비군처럼 취급하고 있는데. 이봐, 크로. 너도 그렇게 입 다물고 있지 말고 우리랑 이야기나 좀 하자, 응?”

“————.”

“야, 크로?”

“……아. 응, 그래. 듣고 있어.”

쭉 외면하고 있었던 에브가 자신의 이름을 부르자, 크로스웰은 얼른 고개를 위아래로 흔들었다.

“미안, TV에 정신이 팔려서.”

반쯤은 사실이고 반쯤은 거짓말이었다.

TV 뉴스를 보면서 딴생각을 하는 데 정신이 팔려있었다.

……뭐가 어떻게 된 거야? 융메룽겐.

……넌 성령 오염자의 이미지가 나빠지는 것은 최대한 막기 위해 노력한다고 말했었잖아!

그런데 현실은 어떤가.

TV와 신문은 이상하리만치 자기들을 위험시하더니 결국 「마녀」나 「마인」이라는 멸칭까지 마음껏 사용하게 되었다.

무장한 경비대가 집을 포위해서, 식량을 사러 나갈 때조차 감시를 당하게 되었다.

……폭력 사건을 일으키는 성령 오염자가 있다.

……그것이 사실이라 해도, 범죄 건수가 너무 심하게 늘어나는 거 아닌가?

이 숫자는 실제로 일어난 사건의 건수인가?

적어도 자신은, 아직은 이 지역 일대에서 성령을 사용한 범죄를 목격한 적은 없었다.

……하다못해 융메룽겐과 다시 연락이라도 할 수 있으면 좋을 텐데.

……그 녀석의 의식이 돌아오기만 한다면.

융메룽겐의 응답은 없었다.

며칠 전 연락에 의하면, 아무래도 아직은 육체 변이의 영향이 강해서 돌연 의식을 잃어버리는 일이 계속 일어나는 듯했다.

"……역시 난 집에 돌아가야겠어."

그때 작은 소녀가 몸을 일으켰다.

"어차피 밖에 있는 경비대도 나를 미행해온 녀석들일 테니까……. 내가 여기 있으면, 에브와 앨리스에게도 폐가 되는걸……."

"야, 뮈샤, 잠깐만! 네가 나가봤자 아무것도 안 달라져!"

"마, 맞아, 뮈샤야. 우리 모두 불안한 것은 마찬가지잖아? 다 함께 있는 것이 더 나아. 그럼 나도 더 안심이 될 거야!"

에브와 앨리스로즈가 벌떡 일어났다.

그런 자매들이 아니라——.

"크로."

뮈샤가 시선을 돌려 바라본 것은 바로 자신이었다.

"넌 남자잖아. 누나들을 잘 지켜줘."

"!"

"그럼 안녕!"

문을 열고 뛰쳐나갔다.

카메라를 들고 있는 보도진 및 경비대의 포위망을 억지로 뚫고, 갈색 머리 소녀는 단 한 번도 뒤돌아보지 않고 대로를 따라 뛰어갔다.

"……뮈샤."

"……뭐야, 저 녀석. 자기가 제일 어린 주제에, 우리를 걱정해주면 어쩌자는 거야?"

에브는 어금니를 꽉 깨물었다.

사소한 일은 농담으로 가볍게 웃어넘기는 에브도, 이번만은 우울하게 말꼬리를 흐리는 것이었다.

"……도대체 왜 이렇게 된 거지?"

에브가 벽에 기대어 중얼거렸다.

"우리는 아무 짓도 안 했잖아. 그런데 왜 세상 사람들한테 마녀란 소리를 듣고, 경비대한테 감시를 당하고, 체포까지 당해야 하는 거야? 이렇게 세상 사람들이 무지막지하게 우리를 억압한다면…… 차라리…… 우리도 작정하고 마녀답게 날뛰면서 저항하는 편이———."

"언니."

"농담이야. 야, 이건 당연히 농담이지."

여동생이 불안한 눈빛으로 쳐다보자, 언니는 담백하게 그런 말을 뱉었다.

"하지만 앨리스. 한번 상상을 해봐. 죄도 없는 나나 크로가 체포된다면, 그때 너는 아무것도 안 하고 그런 현실을 받아들일 거야? 누명이란 것을 알면서도 저항하지 않을 거야?"

"……! 그, 그건……."

"난 그런 거 싫어. 가족을 잃고 싶지 않아. 나는 언니이자 누나이니까. 너도, 크로도 지켜주는 것이 손위 형제의 의무야."

그것은——.

평소에 심술꾸러기처럼 행동하던 에브라는 소녀가 처음으로 솔직하게 드러낸 진심이었다.

"너나 크로가 체포된다면 난 혼자서라도 쳐들어갈 거야. 경비대든 제국 의회든 뭐든 상관없어. 제일 높으신 분을 때려눕힐 거야……. 아, 물론. 반쯤은 농담이지만. 이런 일은 당연히 실제로는 일어나지 않는 편이 나아."

"마, 맞아, 언니!"

황급히 맞장구를 치는 앨리스로즈.

"지금은 다들 불안해져서 그러는 거야. 꾹 참고 지내자. 우리는 마녀라는 소리를 듣고 있지만 실은 전혀 무서운 존재가 아니라는 것을, 사람들도 언젠가는 알아줄 거야. 다시 예전과 마찬가지로 사이좋게 지낼 수 있는 날이 틀림없이 올 거야. 난 그렇게 생각해!"

"나 참, 앨리스는 정말 착한 인간이라니까. 너무 낙천적이야."

"……그, 그러면 안 돼?!"

"누가 안 된다고 했어—? 어휴, 알고 보면 네가 훨씬 더 어른스럽다니까. 나하고는 달라."

언니가 문득 쓴웃음을 지었다.

"……아무튼, 그렇게 되면 좋겠네."

그 작은 소망이.

너무나 허망하게 부서져버린 것은 그로부터 4일 후였다.

——뮈샤가 마녀로서 체포됐다.

일반인에 대한 상해죄.

불의 성령에 의한 방화 및 상해죄. 그로 인해 현장으로 달려간 경비대도 중상을 입었다.

"……거짓말이지?!"

남의 눈을 피해서 장을 보고 돌아왔을 때.

안색이 싹 달라진 앨리스로즈한테서 그 소식을 들은 크로스웰은 할 말을 잃어버렸다.

"뮈샤가 상해 사건을 일으켰다고……? 믿을 수 없어. 그때 뮈샤는 우리 집에 와서 무섭다면서 덜덜 떨었잖아? 뭔가 잘못된 거 아냐?!"

"나도 처음에는 그렇게 생각했어. 하지만 그게 아니야!"

앨리스로즈가 언성을 높였다. 처음이었다. 언제나 온화하고 부드럽게 이야기하는 친척 누나가 이토록 흐트러진 모습을 보여주다니.

……그러고 보니 에브 누나는?

……어째서 집에 없는 거지?

집에서 자신이 돌아오기를 기다리고 있었던 것은 여동생.

같이 있어야 할 언니가 없었다.

"……에브 언니가 집에서 뛰쳐나갔어. 아마 뮈샤를 구하러 간 것 같아!"

"젠장. 불길한 예감은 꼭 적중하더라!"

친척 누나의 양어깨를 붙잡고 살짝 고개를 끄덕이면서 말했다.

"앨리스 누나. 누나는 집에서 기다려. 내가 에브 누나를 데리고 돌아올 때까지는 누가 와도 현관문은 열어주면 안 돼!"

크로스웰은 친척 누나에게 등을 돌리고 집 밖으로 뛰쳐나갔다.

막아야 한다.

안 좋은 예감이 들었다. 오한이 날 정도로 몹시 불길한 예감이 뇌리를 스치고 지나갔다.

……앨리스 누나는 에브 누나를 걱정하고 있다.

……하지만 그게 아니었다. 아마도 지금 가장 위험한 것은 경비대일 것이다!

크로스웰 혼자만 알고 있었다.

자아를 잃어버린 에브가 발사했던 그 무수한 섬광. 만약에 그런 것을 지상의 경비대에게 발사한다면, 그곳에 있는 경비대는 전멸할 것이다.

에브의 성문은 그 누구보다도 컸다.

그것은 틀림없이 에브에게 들러붙은 성령이 그만큼 강력하다는 증거일 것이다.

"에브 누나, 대체 어디 간 거야?!"

대로를 따라 미친 듯이 달렸다.

가까운 경찰서에는 아무런 단서도 없었다. 뮈샤의 체포 장소로 추정되는 곳 근처를 돌아다녀 봐도 에브의 모습은 보이지 않았다.

"……설마 뮈샤가 끌려간 곳은 경찰서가 아닌 건가?"

뮈샤는 경비대한테 체포됐다.

그러니까 에브도 경찰서로 갔을 거라고 추측했는데, 뮈샤라는 마녀의 심문을 담당하는 것은, 성령 에너지 계획을 추진하고 있었던———.

"제국 의회인가?!"

"너나 크로가 체포된다면 난 혼자서라도 쳐들어갈 거야."

뮈샤의 체포는 단순히 한 개인의 문제가 아니었다.

마녀나 마인이라는 멸칭이 확산되고 있는 사태에 대한 대응도, 제국 상층부에 직접 탄원하는 수밖에 없다. 그렇게 생각해서 제국 의회로 달려갔을 가능성은 있었다.

"……하지만 너무 무모한 짓이야, 에브 누나!"

가쁜 숨을 몰아쉬면서 또다시 달리기 시작했다.

심장이 점점 더 크게 뛰었다. 에브가 제국 의회에서 날뛰는 바람에 상층부의 부상자가 생긴다면 그것은 진짜 최악의 사태일 것이다.

——제국 의회.

은색 쇠창살로 둘러싸인 광대한 부지, 그곳의 정문에서.

"부탁이다, 뮈샤와 만나게 해줘!"

무장한 경비원들한테 포위된 갈색 소녀가 목이 터져라 외치고 있었다.

어깨를 붙잡혀도 전혀 겁먹지 않았다.

"그 녀석은 아직 열네 살이야! 열네 살밖에 안 된 여자애가 폭력 사건을 일으켰다고?! 웃기지 마, 그건 당연히 누군가가 날조

했을 거야!"

그러나.

에브를 내려다보는 우락부락한 경비원들은 아무도 그런 그녀를 상대해주지 않았다.

무감정한 눈빛.

이것이 과연 소녀를 보는 눈빛인가?

멀리서 그 상황을 전부 목격한 크로스웰의 등골이 서늘해질 정도로, 마치 길가에 굴러다니는 돌멩이나 쓰레기를 내려다보는 것처럼 공허한 표정이었다.

"————."

"이봐! 너희들……."

경비원들이 보고 있는 것은 에브의 얼굴이 아니었다.

에브의 등.

얇은 셔츠 너머로 빛나고 있는 거대한 성령의 반점을 관찰하고 있었던 것이다.

"**마녀다**. 아, 그래. 의회 정문 앞에서 붙잡았다. 팔대장로에게 연락해."

"!"

경비원이 중얼거린 그 한마디에 에브의 눈빛이 표변했다.

억울하게 누명을 쓰고 체포된 소녀를 구하러 온 소녀가 아니라, 흉악한 마녀를 해방시키기 위해 날뛰는 마녀라고.

에브는 그런 식으로 인식되고 있었던 것이다.

"……그렇구나. 나는, 내 몸의 반점은…… 그 정도로 기분 나쁜 거야……? 겨우 그런 이유 때문에, 너희들은 뭐샤도 체포한 거잖아. 실제로는 폭력 사건 따위는 없었다. 그저 정의의 사도인 척하느라고 체포했던 거야. 그저 악당을 만들어내고 싶었던 거야."

경비원들은 반응하지 않았다.

그저 담담하게 에브의 팔목을 붙잡아 올리더니 수갑을 채웠다. 크로스웰이 그것을 저지하기 위해 끼어들려고 했다. 그런데 그 직후——.

나의 별을 정화한다. 이 별의 자식으로서.

Sera…… So Sez lu teo fel nalis pah pheno lef xel.

폭발했다.

크로스웰의 눈에는 그렇게 비쳤다.

안구를 태울 듯한 빛과.

정신이 아득해질 정도로 큰 소리와.

공기가 뒤틀린 듯한 충격파가, 에브를 중심으로 휘몰아쳤다.

——정신을 차려 보니.

콘크리트 바닥은 거미줄 모양으로 갈라졌고, 쇠창살은 원형을 알아볼 수 없을 정도로 구부러졌고, 주위에 있던 자동차는 모조리 뒤집혀 있었다.

"**나**를 건드리지 마라."

쓰러진 경비원들을 내려다보는 갈색 소녀.

셔츠의 등 부분이 심하게 찢어져서 암색 성문이 드러나 있었다. 풍성한 금빛 머리카락이 바람도 없는데 마구 휘날렸다. 마치 머리카락도 자유의지를 가지고 있는 것처럼.

그 모습을——.

비정상적인 존재감이 넘치는 그 태도를, 무엇에 비유하면 좋을까.

각성했다.

인간을 초월한 그 무언가가 「되었다」. 그렇게 생각할 수밖에 없었다.

"……에브, 누나?"

"크로, 너냐."

갈색 소녀가 이쪽을 돌아봤다.

이제야 겨우 크로스웰의 존재를 눈치챈 듯한 반응이었다.

"넌 집으로 돌아가."

"누나는 어쩌려는 건데?! 저기, 이 상황은……."

"뮈샤를 해방시킬 거다."

에브의 옆얼굴이 향한 곳. 그것은 부지 저쪽 끝에 우뚝 솟은 제국 의회 의사당이었다.

"이제 이 나라에는 볼일이 없어. 우리가 있을 곳은 없다."

"……뭐라고……?"

직감적으로 한 가지는 이해했다.

에브 누나는 지금부터 날뛸 작정이다. 뮈샤를 되찾을 때까지 제국의 온갖 시설을 파괴하면서, 방해하는 사람은 전부 해치워버릴 작정인 것이다.

"잠깐만, 누나! 뮈샤가 꼭 여기 있다는 증거는 없잖아?! 누나가 무작정 난동을 부리면 큰일 날——."

"의사당 지하야. 거기서 뮈샤의 성령의 파동이 느껴져."

"…………."

차가운 것이 뺨을 타고 흘러내렸다.

결정적이었다. 친척 누나 에브는, 이미 자신이 알던 친척 누나가 아니었다.

……융메룽겐과 한없이 비슷한 존재.

……그 녀석처럼 외모가 변해버린 것은 아니지만, 이 정도면 완전히 딴사람이었다.

에브가 한 손을 들어 올렸다.

뭔가를 부르는 것처럼 하늘을 우러러보더니.

"크로. 집으로 돌아가."

"잠깐만, 에브 누————————!"

사라졌다.

허공에 생겨난 시커먼 「공간의 문」 속으로 에브 누나는 서서히 사라져간 것이다.

그리고 겨우 반 시간 후.

제국 의사당은 지하에서 발생한 수수께끼의 대폭발로 인해 반파됐다.

6

며칠 후.

『크로, 오랜만이야.』

몇 시간이나 경비대의 취조를 받다가 겨우 풀려난 크로스웰은 집으로 돌아가는 길에 오랜만에 융메룽겐의 목소리를 들었다.

『열흘 만에 의식이 돌아왔어. 뭐, 실제로는 이것이 인간의 인격인지, 성령이 시키는 대로 이야기하는 것인지 애매한 느낌이 들지만.』

"……네가 잠들어 있는 동안에 이쪽에서는 엄청난 일이 일어났어."

『너희 친척 누나가 큰 사건을 일으켰다면서?』

막지 못했다.

어렴풋이 예감은 했었다. 융메룽겐이 그랬던 것처럼, 친척 누나인 에브도 성령 빙의의 영향을 너무 많이 받고 있다는 것을.

지나치게 강한 그 성령의 힘은 제국에 대한 분노가 되어 폭발했다.

"넌 어디까지 알고 있어?"

『너보다 더 자세히 알고 있지. 네 가족이 저지른 범죄가 얼마나 중대한지는.』

잠깐 뜸을 들이더니.

『뮈샤라는 마녀를 되찾으려고 의사당으로 쳐들어갔다. 막으려고 했던 경비원을 반죽음으로 만들어놨고, 의사당 지하는 흔적도 없이 파괴했다. 그때 뮈샤라는 마녀를 심문하고 있었던 팔대장로도 큰 부상을 입었다고 해.』

"그렇겠지."

『그 사건은 처음부터 끝까지 감시카메라로 촬영됐고, 이미 전 세계에 공개됐어.』

마녀가 일으킨 폭력 사건의 결정적 순간이었다.

제국 상층부의 날조가 아니었다. 진짜였다.

『전 세계를 상대로, 참으로 알기 쉽게 '성령에 빙의당한 인간은 이토록 위험하다'는 실례를 만들어낸 거야. 에브뿐만이 아니야. 모든 성령 오염자에 대한 공격이 거세지는 것을 정당화해버린 거야.』

"……에브 누나는 이미 중범죄자인 거지?"

『응. 이것만은 멜른도 도저히 옹호할 수 없어. 개인적으로는 그 사람의 이야기를 직접 들어보고 싶은 마음도 있지만, 크로, 네 곁에 있는 것도 아니잖아?』

"없어. 에브 누나는 사라졌어."

뮈샤를 해방시킨 뒤 뮈샤와 함께 행방불명되었다.

『이제는 멜른도 막을 수 없어.』

황태자의 탄식.

『아바마마는 여전히 의식 불명이고, 그 대신 정치를 장악하고 있는 것은 팔대장로야. 그 팔대장로가 에브에 의해 큰 부상을 입었다. 이게 무슨 뜻인지 알겠어?』

"……제국의 권력자가 적이 되었다."

『마녀사냥이 시작되는 거야. 머잖아 제국 내에서 성령 오염자에 대한 박해가 시작될 거야. 아, 아니다. 성령 오염자들은 악당이니까, 박해가 아니라 정의로운 행동이 될 테지.』

"그럼 어떻게 하라는 거야?!"

『————————.』

그 웅변적인 침묵은.

지금까지 융메룽겐과 대화하면서 경험했던 침묵 중에 가장 길었다.

『확실하게 말할게. 이 나라에는 더 이상 크로, 너를 포함한 성령 오염자들이 있을 곳은 없어.』

"……이봐, 그건 설마……."

목에서 수분이 사라져서, 메마른 목소리를 쥐어 짜내는 것이 고작이었다.

애써 짐작할 필요도 없었다.

융메룽겐이 은근히 내비친 뜻은 너무나 명확했다. 잔혹할 정도로.

……제국에서는 우리는 범죄자나 마찬가지로 취급된다.

……하지만 그런 현상은 아직은 제국 내에서만 일어나고 있다.

성령 오염자를「마녀」나「마인」이라고 부르는 것은 제국 사람들뿐이다.

지금이라면 아직 늦지 않았다.

이 넓은 세계에는, 자기들을 받아들여 줄 나라가 있을지도 모른다.

"제국에서 탈출하라는 거야……?"

『멜른은 이 나라의 황태자 신분이니까. 공공연하게 협력은 할 수 없지만, 반대도 안 할 거야. 못 본 척해줄게.』

하지만 어디로 도망치란 말인가?

제국 바깥으로의 이주. 수천 명이나 되는 인간들이 갈 곳을 찾는 것도 전대미문의 도전이라, 그 준비만 해도 몇 개월은 걸리는 엄청난 계획일 것이다.

도대체 어디로 도망쳐서 어떻게 생활하면 되는 걸까?

『생각을 해봐야 할 거야. 여차하면 크로, 너랑 네 가족만이라도 탈출할 수 있도록.』

"그건 진짜 최후의 수단이구나……."

집에도 애착이 생겼고.

이 나라에서의 생활에 이제야 겨우 익숙해졌는데.

"……앨리스 누나에게 일단 말해둘게. 에브 누나가 없으니까 우리끼리 결정할 수도 없지만."

통신을 마치고 대로를 따라 걷기 시작했다.

민가는 대부분 불이 꺼진 상태였다.

얼어붙을 듯한 냉기에 몸을 움츠리면서 희미한 가로등 불빛 속에서 계속 걸음을 옮겼다. 마침내 집 앞에 도착했더니, 걱정스럽게 서 있는 친척 누나의 모습이 보였다.

"크로 군! 아아, 다행이다. 무사했구나."

"……오늘도 실컷 압박을 당했어. 에브 누나가 어디 있는지 실토하라고."

그건 오히려 내가 알고 싶었다.

제국 의사당 앞에서 사라진 친척 누나가 지금 어디서 무엇을 하고 있는지.

"춥지? 자, 어서 집에 들어가자."

집 안으로 들어갔다.

숨 막힐 정도로 지독한 바깥의 추위에서 벗어나, 드디어 밝고 따뜻한 거실로 돌아왔다. 그런데 그때 자신과 앨리스로즈의 눈앞이 검게 물들었다.

불이 꺼졌나?

한순간 그런 착각을 할 정도로 눈앞이 온통 까만 페인트를 뿌린 것처럼 변하더니——.

금발을 나부끼는 갈색 소녀가 거기서 튀어나왔다.

"누나?!"

"에브 언니?! 어…… 엇……?"

허공에서 튀어나온 언니의 모습을 본 앨리스로즈는 몇 번이나 눈을 깜빡거렸다.

그러고 보니 이 여동생은 처음 본 것이었다.

성령을 지닌 언니의 힘. 그것도 불이나 바람을 발생시키는 마술 같은 것과는 차원이 다른, 공간을 왜곡시키는 신기에 가까운 능력이었다.

"어…… 언니……?"

풍모도 크게 달라졌다.

바람이 없는데도 불구하고 에브의 금빛 머리카락은 끊임없이 화려하게 물결치고 있었다. 복장도 본디 셔츠였던 것이 너덜너덜해져서 한 벌의 외투처럼 변했다.

"앨리스, 크로."

자기들의 이름을 부르는 에브의 음성은 소름 끼칠 정도로 무감정했다.

생기가 없다. 그렇게 표현하는 것이 적절할지도 모른다.

"할 말이 있어."

"꺅?!"

"앗?!"

눈 깜빡할 시간조차 없었다.

에브에게 손을 잡힌 순간, 크로스웰의 눈앞에서 공간이 쩍 갈라졌다. 새까만 공간의 틈새로 앨리스로즈와 함께 끌려 들어가서——.

어느새 칠흑의 장막으로 차단된 공간 속에 들어와 있었다.

새까만 텐트의 내부.

한 변이 수십 미터는 될 것 같은 사각형 공간. 그 귀퉁이에는 흑요석 같은 광택을 지닌 검은색 탑이 솟아나 있었다.

여기는 어디지? 뭐 하는 장소야?

바깥도 아니고 실내도 아니었다. 그저 아무것도 없는 아공간(亞空間)이라고 표현할 수밖에 없는 그곳에서——.

"앨리스!"

"뮈샤?!"

자신에게 와락 안기는 소녀를 받아주면서 앨리스로즈는 깜짝 놀란 소리를 냈다.

앨리스에게 안긴 그 사람은 일전에 경비대한테 체포됐던 뮈샤였다.

에브의 제국 의사당 습격 사건 이후로, 에브와 함께 모습을 감췄다고 들었는데.

"뮈샤야, 너 무사했구나! 경비대한테 체포됐다고……."

"그건 거짓말이야! 그때 경비대는 나를 취조한다고 하면서 억지로 차에 태우려고 했단 말이야. 그래서 내가 저항했더니, 그걸 폭력 사건이라고 과장하더라니까?!"

"나도 마찬가지야."

이어서 그렇게 말한 것은 채굴장의 반장이었던 청년 드레이크였다.

"우리 집에도 경비대가 왔어. 다짜고짜 나를 체포하려고 했는데, 에브가 나를 구해서 이 신기한 공간으로 피난시켜줬어. **이곳에 있는 녀석들은 전부 다 마찬가지야.**"

뮈샤와 드레이크만 있는 것이 아니었다.

이곳에 모여 있는 것은 100명이 넘는 남녀노소. 채굴장에서 같이 일했던 직장 동료는 물론이고, 제도의 길거리에서 본 적 있는 가족들도 있었다.

그때 문득 깨달았다.

여기 모인 사람들은 대부분 손목이나 이마를 붕대로 가리고 있다는 것을.

붕대 밑에 무엇이 있는지는 말할 필요도 없었다.

……전원 체포된 성령 오염자였다.

……이렇게 많은 사람을, 에브 누나가 혼자서 구출했단 말인가.

며칠 동안 에브는 모습을 감췄었다.

제국이 경계하는 가운데, 에브는 그 누구에게도 들키지 않고 사람들 한 명 한 명을 이 공간으로 데려왔던 걸까.

"제국은 이제 필요 없어."

엄숙하게 울려 퍼지는 에브의 한마디.

"밖으로 나가자."

술렁.

100명 이상의 인간들이 일제히 서로 얼굴을 마주 보는 와중에 단 한 명, 크로스웰 혼자만 말없이 주먹을 꽉 쥐고 있었다. 그 말을 들어본 적이 있었기 때문이다.

……이게 무슨 운명의 장난인가.

……국외 탈출. 그것은 융메룽겐과 완전히 똑같은 의견이잖아.

방법은 그것밖에 없다고.

제국의 황태자와 제국에 반기를 든 소녀가 똑같은 결론을 내린 것이다.

"여기 있는 사람들이 가족이나 동지에게 이 메시지를 전해줬으면 좋겠어. 재산을 있는 대로 챙겨서 도망치는 거야. 경비대가 방해한다면, 내가 해치울게."

참으로 여유작작한 반란 선언이었다.

날벌레가 있으면 때려잡는다. 딱 그 정도로 가벼운 말투였다.

"하, 하지만……!"

남자 한 사람이 못 참겠다는 듯이 소리를 질렀다.

"그런 짓을 해서 경비대한테 대들었다가는, 다음에는 진짜 제국군이 출동할 거야!"

"제국군도 다 똑같아. 나 혼자 얼마든지 해치울 수 있어."

"……뭐라고?!"

"방해하는 녀석은 용서하지 않을 거야. 누구든 상관없어."
주변 사람들은 침묵했다.
에브라는 소녀의 변모. 너무나 초월적인 그 힘과 자신감을 본 순간, 모두가 무의식적으로 이해했던 것이다.
에브는 거짓말을 하는 것이 아니었다.
이 조그만 소녀에게 깃든 성령은, 제국이라는 대국 하나를 능가하는 힘을 가지고 있었다.
"결행은 3주일 후. 이런 나라는 빨리 버리고 떠나는 게 상책이야."
"언니, 잠깐만!"
절박한 여동생의 외침 소리가 칠흑의 공간에 메아리쳤다.
"……지금은 다들 동요하고 있어. 이 제국을 탈출해 밖으로 나간다니, 그것은 언니 말처럼 간단한 일은 아닐 거야. 모두 이 나라에 살면서 애착도 생겼을 테고. 직장도, 집도, 친구도, 그리 쉽게 버릴 수 있는 게 아니야……."
"하지만──."
"시간이 필요하다는 뜻이야!"
언니의 말을 가로막았다.
생각해보면 이것이 처음이었다. 이 동생이 언니의 말을 가로막을 정도로 강한 의지를 보여준 것은.
"언니, 부탁이야. 우리 모두에게 생각할 시간을 줘."
"…………."
"준비 기간도 필요해. 온 나라에서 경비대의 감시 태세가 강화

되고 있어. 그런데 수천 명이 제도에서 탈출한다면 틀림없이 들킬 거야. 안 그래?"

에브는 말이 없었다.

자기보다 훨씬 더 어른스러운 동생의 호소에, 진지한 얼굴로 귀를 기울이고 있었다.

"……시간을 들여서 진행하자. 제국을 빠져나가 어디로 향할지. 그곳에서 어떻게 살아갈지. 모두가 안심할 수 있도록, 잘 생각하고 싶어."

"────."

"언니, 부탁이야."

기나긴 정적.

눈도 깜빡이지 않고 서로 쳐다보는 자매. 둘 중에서 먼저 움직인 사람은 언니였다.

"알았어."

훗 하고.

에브가 딱 한순간 입꼬리의 긴장을 풀었다.

"앨리스, 넌 똑똑하잖아. 좋아, 그렇게 하자. 나는 못난 언니이니까."

오랫동안 잃어버렸던 누나의 미소.

그것이──.

크로스웰이 본, 최후의 「누나」다운 미소였다.

Memory.
『등불④
– 제국 탈출 계획 –』

the War ends the world /
raises the world

반년이 지났다.

제국에서는 성령 오염자라는 단어가 사라졌다.

TV에서도 신문에서도, 또 거리에서도.

오직「마녀」「마인」이라는 단어만 사용됐다. 성령에게 빙의당한 사람은 자신의 성문을 붕대로 숨기고, 사람들이 많이 있는 장소는 피하는 것이 반쯤 습관화되었다.

그것은 나 자신도 마찬가지——.

"이봐, 크로스웰 게이트 네뷸리스, 맞지?"

"…………."

가로등 불빛 아래에서 누군가가 자신을 불러 세웠다.

통행인이 줄어든 밤 아홉 시. 대로 쪽의 마트는 일부러 피해서 뒷골목의 오래된 상점에서 장을 보고 집으로 돌아가는 길이었다.

크로스웰의 앞길을 가로막는 것처럼 제국 병사가 거기서 기다리고 있었다.

경비대가 아니라 제국 병사.

마녀와 마인의 폭력 사건이 계속 늘어나자, 제국 의회는 마침내 제국군을 동원한 강제적 무력 진압으로 방침을 바꾼 것이다.

"우리 제국군이 체포한 마녀 네 명이 탈옥했다. 이번에도 **대마녀 네뷸리스**의 파괴 행각이야."

"……난 몰라요."

"네 친척 누나 에브라고. 반년 전까지 한집에서 살았잖아?"

"반년 전까지는 그랬죠. 친척 누나가 지금 어디서 무엇을 하고 있는지는 나도, 앨리스 누나도 몰라요. 그쪽이 4일 전에도 우리 집을 철저히 가택수사를 했지만 아무런 증거도 안 나왔잖아요?"

"…………."

제국 병사 두 명이 입을 다물었다.

그들에게 살짝 인사하고 나서 크로스웰은 그 두 사람 옆을 지나쳐 갔다.

이제는 익숙해졌다. 그저 길모퉁이에서 자신을 추궁하는 사람이 경비대에서 제국군으로 바뀌었을 뿐이다. 자신이 해야 할 일은, 어떤 질문에든 차분하게 대답하는 것이었다.

발끈해서 대들었다가는 그것을 구실로 체포된다. 그것이 현재의 제국이었다.

……그래서 모두 꾹 참고 견뎌왔다. 조금만 더 버티면 되니까.

……제국 탈출까지 남은 시간은 4일.

주먹을 꽉 쥐고 어두운 대로를 걸어 집으로 돌아갔다.

"나 왔어."

"크로 군, 어서 와!"

집에서 기다리고 있던 사람은 친척 누나인 앨리스로즈였다.

저녁 식사를 준비하는 중이라 앞치마를 두르고 있었다. 비단같이 매끄럽고 윤기 나는 금빛 머리카락을 뒤로 모아 묶은 그 모습은 더없이 청순가련하고 사랑스러웠다.

――지난 반년 사이에.

앨리스로즈는 열여섯 살이 되었다. 한층 더 성숙해지고 아름다워졌다.

외모뿐만이 아니었다. 그 누구보다도 온화하고 싸움을 싫어하는 성격도 그랬다. 제국군이 사용하는 「마녀」라는 멸칭이 이렇게 안 어울리는 소녀도 없을 것이다.

"아까 에브 언니도 **돌아왔어**."

"뭐? 아, 진짜네……."

바닥에 벌렁 드러누워 있는 친척 누나 에브.

어째서 자신이 눈치채지 못했는가 하면, 에브가 너무 조용히 잠들어 있었기 때문이다.

쌔근쌔근.

제국 상층부의 지명수배 명단인 마녀 명부에, 가장 위험한 「대마녀」라고 명확히 기록되어 있는 에브. 그런 그녀가 완전히 무방비하게 잠들어 있었다.

"좀 전에도 제국 병사가 나를 불러 세웠었어. 에브 누나를 본 적 없냐고. 어디 숨어 있느냐고 묻더라."

제국군은 상상도 못 할 것이다.

에브가 사는 곳은 아공간. 반년 전에 크로스웰도 딱 한 번 들어

갔었던 그 검은색 장막 속에 몸을 숨기고 있는데, 가끔은 이렇게 집으로 돌아왔다.

……꼭 비밀기지 같았다.

……이 누나는 그곳을 들락날락하면서, 마녀로 인정되어 체포된 사람을 구출하고 있었다.

수백 명이나 되는 마녀와 마인이 에브 덕분에 구출됐다.

그들 전원이 그 아공간으로 도망쳐서 제국 탈출 작전을 세우고 있었다.

"에브 언니가 구해줘서 모두 고마워하고 있어. 제국을 빠져나가는 것도 언니가 있으면 걱정 없다고 생각하고 있어."

편안한 숨소리를 내면서 잠자고 있는 언니의 머리를 부드럽게 쓰다듬는 앨리스로즈.

겉으로만 본다면 서로의 입장은 정반대일 것이다.

어린 여동생을 예뻐하는 언니라는 구도. 원래 앨리스로즈는 어른스러웠는데, 지난 반년 사이에 두 사람의 외모의 차이는 한층 더 커졌다.

……에브 누나가 지나치게 안 변하는 것이었다.

……마치 시간이 멈춘 것처럼.

지난 반년 사이에 앨리스로즈는 더욱 성숙해지고 아름다워졌음에도 불구하고, 에브는 키가 1mm도 자라지 않았다.

게다가 에브는 식사도 거의 안 하게 되었다.

『멜른을 보면 알잖아? 이미 그녀는 반쯤은 성령이야.』

제국 탈출 계획까지 앞으로 3일.

2주일 만에 통화하여 들은 융메룽겐의 목소리. 그 말투는 "반년이나 그녀를 지켜봤으면서, 이제 와서 뭔 소리야?"라는 분위기였다.

『제국군의 데이터베이스에 의하면 마녀 및 마인에 해당하는 자는 7,981인. 지난 반년 사이에 열 배로 증가한 이유는, 「별의 배꼽」에서 지금도 성령이 올라오고 있기 때문이야. 그 구멍을 막지 않는 한, 앞으로도 계속 증가할 거야.』

"제국 측은 알면서도 방치하고 있는 건가?"

『그걸 누가 하느냐? 하는 이야기가 나왔지. 별의 배꼽의 구멍을 막고 싶어도, 그쪽으로 접근한 인간이 마녀가 되어버릴 가능성이 있으니까. 함부로 접근할 수 없는 거야.』

"……응, 납득했어."

『아까 하던 이야기를 다시 할게. 그만큼 많은 성령이 별의 심부에서 지표면으로 올라온 거야. 그중에서도 가장 강한 성령이 들러붙은 것이――.』

"너랑 에브 누나라는 거지."

『맞아. 에브가 식사를 안 하는 이유도 그거야. 멜른은 물도 안 마셔.』

성령에게는 수명이란 것이 존재하지 않는다.

그것은 성령과 융합함으로써 융메룽겐이 「직감적으로 얻은」 지식이었다.
『멜른과 에브도 앞으로 대체 몇 년이나 더 살게 될지. 100년일지, 1,000년일지. 아니, 어쩌면 몇 년 후에는 예고도 없이 홀연히 사라질지도 모르지?』
"……남의 일처럼 말하지 마."
『크로, 너한테도 남의 일은 아니야.』
푹! 하고.
전혀 생각도 못 한 곳에서 날아온 한마디가 가시처럼 가슴에 박혔다.
"……나?"
『성령과의 적합성이 높은 인간일수록 그 육체가 성령에 가까워져서 천천히 나이를 먹게 돼. 너 눈치채지 못했어? 너와 성령의 융합 수준도 결코 낮은 편은 아니야.』
"…………."
무의식적으로.
크로스웰은 자기 목에 있는 성문을 만지작거렸다.
『크로는 자기 자신에 대해서는 둔감하단 말이지. 하기야 멜른과 에브라는 극단적인 예가 비교 대상이니까 아마 눈치채기 어려웠을 테지만.』
생각해본 적도 없었다.
자신의 수명이 성령 때문에 극단적으로 늘어날 가능성도. 혹은 줄어들 가능성도.

『뭐, 어쨌든. 알지?』

크로스웰이 침묵을 하거나 말거나 융메룽겐의 말투는 전혀 달라지지 않았다.

『글피가 드디어 생일이잖아? 어때, 준비는 잘되고 있어?』

"언제든지 해도 돼. 당장 내일이라도 상관없어."

생일이란 것은 암유였다.

제국 탈출 계획과 관련된 당사자들만 아는 암호.

『최근에는 크로의 연락이 뜸해져서 멜른은 쓸쓸해.』

"연락은 원칙적으로는 네가 먼저 하는 거잖아."

『……슬프다. 글피에 있을 생일에 참가하면, 이제 두 번 다시 만나지 못하게 될 텐데.』

"!"

말문이 막혔다.

늘 그렇듯이 태평한 말투를 가장하고 있는 융메룽겐의 목소리가, 정말 진심으로 우울해하는 것처럼 들렸기 때문이다.

——제국 탈출 계획에 융메룽겐은 참가하지 않는다.

황태자로서 그런 결단을 내린 것이다.

3일 후 제국 탈출. 그로써 제국에서는 거의 모든 성령 오염자들이 도망칠 것이다.

그러나——.

가장 대표적인 성령 오염자인 융메룽겐은 홀로 제국에 남을 것이다.

″성령 오염자들은 앞으로도 계속 탄생할 거야. 전 세계에서.″
″멜른까지 제국에서 도망친다면, 도대체 누가 제국의 박해를 막겠어?″

제국을 내부에서부터 바꿔줄 사람이 필요한 것이다.
마녀에 대한 선입견을 바로잡을 사람이 필요하다. 그 일을 해낼 수 있는 사람은 황태자인 자신밖에 없다. 그것이 융메룽겐의 판단이었다.
"……너도 같이 가지 않을래? 하고 이제 와서 말해봤자 넌 귀담아듣지도 않을 테지."
『너랑 만나지 못하게 되는 것은 쓸쓸하지만.』
아하하 하는 웃음소리.
그동안 들어본 것 중에서 가장 힘없는 웃음소리였다.
『눈을 뜨지 않는 아바마마를 대신해서 멜른이 다음 천제로 즉위할 거야. 이런 모습이어도 천제가 되기만 하면, 권력은 훨씬 강해질 테지.』
"……괜찮겠어?"
『남들 앞에 나설 때는 대역을 쓸 거야.』
"전에 팔대장로가 어쩌고저쩌고했었잖아. 그놈들과는 사이가 안 좋다며?"

『안 좋지, 굉장히 안 좋아. 하지만 그 녀석들은 중요하지 않아. 이 제국은, 멜른이 천제가 되기만 하면 어떻게든 할 수 있어.』

"……그렇구나."

제국 바깥으로 도망친다.

그러면 성령 오염자는 일단 박해에서 벗어날 수 있을 것이다. 그러나 제국 전체에 뿌리내린 마녀에 대한 공포와 증오는 여전히 남아 있다.

……요컨대 그것은 뒤치다꺼리.

……우리는 그 일을 융메룽겐 한 사람에게 떠맡겨버리는 셈이다.

그것이 정말로 옳은 일일까.

지난 반년 내내 쭉 생각했었다. 아니, 쭉 생각했다는 과정을 핑계 삼아, 그 문제를 해결하지 않고 오늘 이 순간까지 미뤄왔었다.

『크로, 하나만 약속해줘.』

"뭔데?"

『멜른이 천제가 되어서, 만약에…… 제국에서의 마녀 차별을 완전히 없애는 데 성공한다면, 그때는 다시 제국에 놀러 와줘.』

"————."

『그렇게 약속해준다면…… 멜른은 노력해볼 수 있을 것 같아.』

"좋아, 언제든지 불러."

망설이지 않았다.

천제로서 제국에 혼자 남겠다는 결의에 비하면, 그 소원은 너무나 소박하고 이루기 쉬운 것이었다.

"반드시 제국으로 돌아올게. 몇 년 후에든, 몇 십 년 후에든."

『…………그래.』

그 대답에는 아주 조금 물기가 배어 있었다.

『그럼 안녕, 크로. 제국 바깥에서도 잘 지내.』

"응, 너도."

제국 의사당이라고 불리던 시설.

대마녀 네뷸리스의 파괴에 의해 그 빌딩은 반파되었다. 언제 건물 자체가 무너질지 모르는 상태였다.

건물의 잔해들이 흩어져 있는 지하실에서——.

『도주극이란 것은——.』

『마지막에 범인이 체포되는 엔딩이 가장 아름답지.』

수상쩍게 빛나는 여덟 대의 모니터.

그곳에 여덟 명의 남녀노소의 모습이 비쳤다.

『마녀와 마인이 실행하는 제국 도망 계획. 이것은 대탈출이 아니야. **탈출의 혼란을 이용한 제도**(帝都)**에 대한 대반란**. 그리고 천제 폐하와 황태자를 노리는 습격 시나리오. 우리는 그렇게 생각한다.』

『알겠나? 드레이크 군.』

『고개를 들어라. 드레이크 인 엠파이어.』

"…………."

머리 위에서 쏟아지는 스포트라이트.

여덟 명의 사람 그림자가 띄워진 대형 모니터 바로 밑에서, 청년은 말없이 입술을 깨물었다. 법정에 출두한 증인처럼. 그 얼굴은 심하게 긴장한 티가 났다.

『자네는 중죄인이야.』

『왜냐하면 자네는 대마녀 네뷸리스의 계획대로, 앞으로 3일 후 제도에 불을 질러 도시를 잿더미로 만들어버릴 계획을 세우고 있었으니까.』

"……아니야! 우리는 단지 이 나라를 떠나려고———."

『그렇게 증언하기만 하면 돼.』

"!"

청년이 눈을 크게 떴다.

팔대장로——천제의 참모인 여덟 명의 현자들 앞으로 끌려온 자신이 도대체 무슨 심문을 받게 될지 의문이었는데.

『거래를 하자. 본디 감옥에 들어가야 할 자네에게, 제국에서의 편안한 삶을 약속하겠네. 자네와 자네의 가족까지 전부 다. 그 대신 증언 하나만 해주면 돼.』

『대마녀 네뷸리스의 진짜 목적은 제국을 빼앗는 것.』

『그 정도 힘이 있다면, 제도를 불바다로 만들어버리는 것도 용이할 테지요?』

"……'도주 계획을 자백하라'는 거래가 아니란 말인가……."

안이했다.

이 최고 권력자들이 원하는 것은 자백보다도 더 잔인한 사칭이었다.

"……나한테 그런 증언을 시켜서, 도대체 뭘 어쩌려고……."

팔대장로는 대답하지 않았다.

네가 알아야 할 필요는 없다. 그 지독하게 긴 침묵이 그들의 대답이었다.

『생각을 해봐, 드레이크 군. 제국을 나가서 어디로 갈 건가?』

『전 세계 사람들이 마녀와 마인을 무서워하고 있어. 제국을 나가봤자, 당신들을 받아주는 나라는 없을 거야. 추위와 굶주림에 시달리면서 평생 정처 없이 변경지대를 계속 헤매게 될 테지.』

"……윽. 그건……."

마음의 빈틈으로 파고드는 달콤한 한마디였다.

그건 알고 있었지만, 그래도 팔대장로의 말은 부정할 수 없는 진실이었다.

『**나쁜 놈은 대마녀 네뷸리스야**. 자네가 아니라.』

『뮈샤 사건도 마찬가지야. 우리는 그 소녀를 보호할 생각이었다. 그랬는데 그 대마녀는 의사당을 습격해서 수십 명이나 되는 무고한 자들을 다치게 했어.』

『자네가 제국에서 살 수 없게 된 것은 전적으로 그 대마녀 네뷸리스 탓이야.』

『자네가 대마녀를 동정할 이유는 없다. 결별을 해야 해.』

달칵! 하고 마루 밑의 타일이 갈라졌다.

거기서 올라온 것은 휴대용 녹음기였다.

『제국이 자네의 고향이야.』

『자네가 제국에서 살지 못하게 된 것은 대마녀 탓이다. 증오스럽지?』

"…………윽."

그것은 악마의 속삭임이라고.

머리로는 이해했지만, 자신의 손은 눈앞에 있는 녹음기를 붙잡고 있었다.

『자, 우리에게 들려줘. 드레이크 군.』

『자네를 제국에서 살 수 없게 만든 장본인, 대마녀 네뷸리스에 대한 복수의 증언을.』

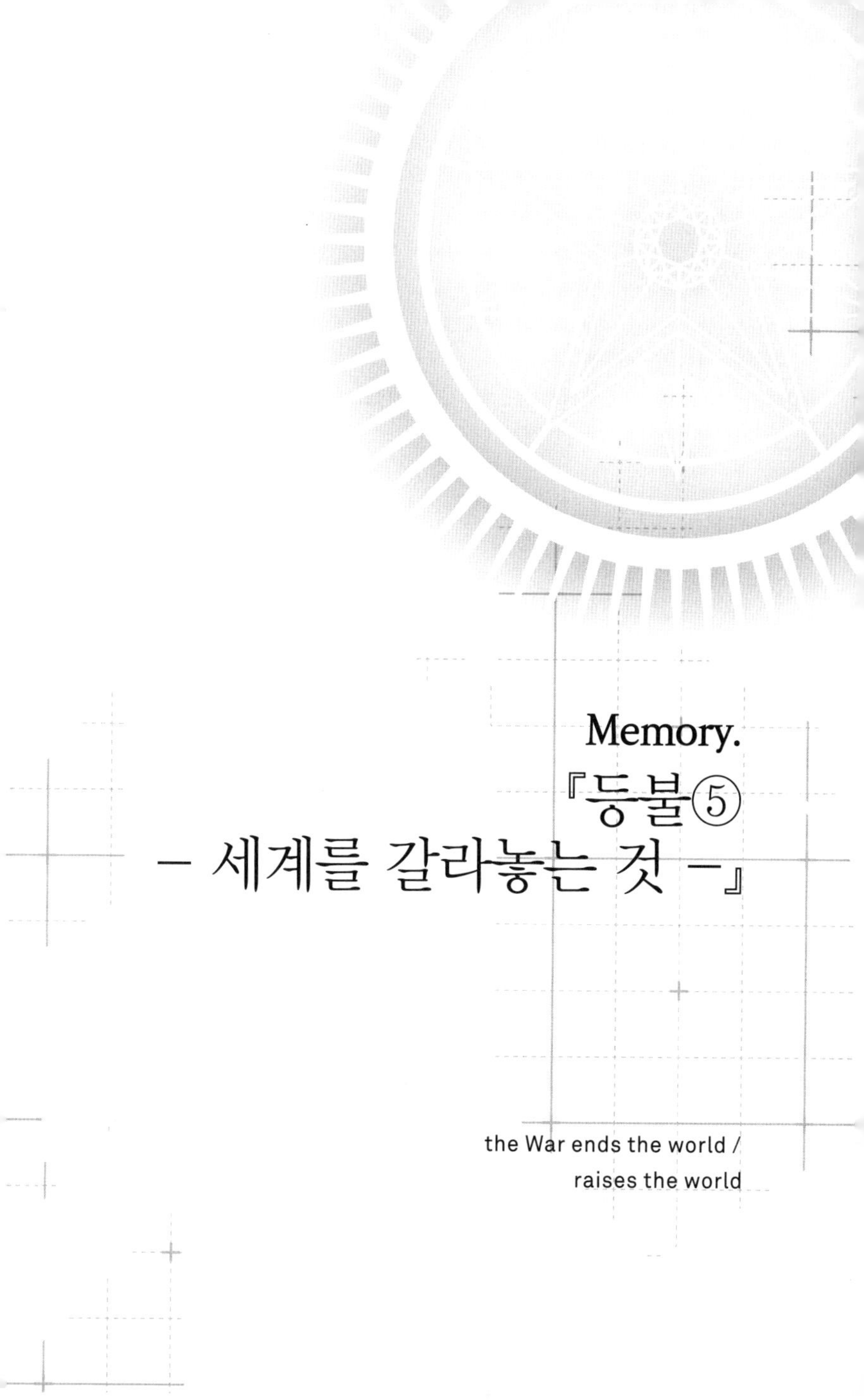

Memory.
『등불⑤
- 세계를 갈라놓는 것 -』

the War ends the world /
raises the world

1

생일, 당일.

수천 명이나 되는 마녀와 마인이 제국을 떠나는 날 새벽.

『――――――――.』

황태자 융메룽겐은 자기 방 침대에 누운 채 한숨도 자지 않고 그 아침 해를 바라보고 있었다.

『……크로.』

침대 한구석에 있는 통신기를 움켜쥐었다.

연락하고 싶었다. 뭐 하나라도 좋으니까 화제를 생각해내서 그와 이야기를 하고 싶었다. 목소리를 듣고 싶었다.

하지만 그러면 안 된다.

왜냐하면 그는 지금 동료들과 함께 오늘의 첫차를 타고 있을 테니까.

제도에서 열차를 타고 국경으로.

일단 국경에만 도착해서, 신분 증명만 한다면 제국 바깥으로 나가기는 쉽다. 설령 마녀나 마인으로서 성령한테 씐 사람이라도.

『……성령 오염자가 국외로 나가는 것을 금지하는 법률은 없어. 국경의 제국 병사와 싸우지만 않으면 돼. 무사히 성공하면 좋겠구나. 크로.』

마음이 괴로웠다.

왜 자신은 이런 시기에 깨어 있는 걸까. 며칠 전까지 의식을 잃고 있었던 것처럼, 지금도 의식을 잃어버리면 좋을 텐데.

크로를 생각하면서 번민하는 이 몇 시간이 못 견디게 답답했다.

『……휴……. 스스로 생각해봐도 이건 멜른답지 않아. 황태자라는 인간이 일개 서민에게 이토록 집착하다니.』

통신기를 침대 구석으로 던졌다.

들고 있어봤자 무겁기만 하다.

역시 억지로라도 잠을 청해야겠다. 베개에 얼굴을 묻고.

『……?』

그때 인간을 초월한 융메룽겐의 청각이 기이한 소리를 포착했다.

여러 사람이 뛰는 소리. 단, 무작정 허둥지둥 뛰는 것은 아니었다. 마치 발소리를 죽이고 살금살금 다가오는 듯한 기척이었다. 그것이 자신의 방 앞에서 멈췄다.

"황태자 전하."

모르는 남자의 음성이었다.

"오늘 검진을 하러 왔습니다. 문을 열어주시겠습니까?"

불길한 예감이 들었다.

은색 털이 곤두설 것 같은, 처음 느껴보는 냉기에 가까운 오한.
그래서 이렇게 대답했다.
『싫어.』
"왜 그러십니까?"
『오늘은 컨디션이 좋지 않아. 침대에서 일어날 수 없으니 검진은 내일 받겠다.』
"그럼 더더욱 검진이 필요하지요. 부디 문을 열어주십시오."
『너희들은 누구냐.』
「너」가 아니라 「너희들」.
여러 사람이 문 앞에서 숨죽이고 있다는 것도 다 알아챘다. 그 사실을 넌지시 알리면서.
『다시 한번 말한다. 멜른은 컨디션이 좋지 않아. 이런 모습이 된 다음부터는 컨디션이 불안정하다는 것은 너희들도 잘 알고 있을 텐데. 그래도 정 들어오겠다면――앗?!』
문이 파열됐다.
두꺼운 기계식 문이 심하게 찌부러졌다. 복도 측에서 발생한 폭풍 때문에.
『……폭탄인가?!』
어째서. 그런 느긋한 의문을 느낄 여유도 없이 융메룽겐은 침대에서 벌떡 일어났다.
뭉게뭉게 피어오른 연기 속에서 사람 그림자 여러 개가 튀어나왔다.

고글로 얼굴을 감추고 총을 든 무장 집단. 제국군 병사는 아니었다. 경비원도 아니었다. 그럼 도대체 누구인가?

『어디서 보낸 자객이냐!』

"———."

열 명의 무장한 사람들이 일제히 총을 겨눴다.

곰조차 쓰러뜨리는 대형 권총의 총구가, 도망칠 새도 없이 근거리에서 이쪽을 향했고.

"잘 가라."

황태자의 방에서.

인간의 피가 아닌 선명한 보라색 피가, 물보라처럼 터져 나와 흩어졌다.

2

새벽 다섯 시.

지평선의 빌딩들 사이로 어렴풋이 태양이 떠오르기 시작했다. 주민들은 대부분 아직 침대 속에서 잠자고 있는 이 시각에——.

새빨간 화염의 대폭발이 고요한 제도를 뒤흔들었다.

아스팔트 노면이 산산조각 나면서.

창문이 형체도 없이 박살 나버린 빌딩들은, 그 맹렬한 충격에 휘말려 도미노처럼 연쇄적으로 쓰러져 갔다.
"꺅?!"
"앗?! ……뭐야? 저 대폭발은……."
지독한 굉음에 비명을 지르는 친척 누나 앨리스로즈.
그 옆에서 크로스웰도 마찬가지로 등 뒤의 이변을 확인하려고 고개를 돌렸다.
"화재인가?"
뭉게뭉게 솟구치는 검은 연기와 하늘을 새빨갛게 물들이는 불티.
여기는 제11번가 주요역. 국경으로 가는 첫 열차에 약 1,000명쯤 되는「1번 팀」이 이제 막 타려고 했을 때 일어난 대폭발이었다.
"……저건 천수부 쪽이지?"
황태자 융메룽겐이 사는 곳이었다. 하지만 저런 대폭발이 천수부에서 일어날 리는 없었다. 왜냐하면 그곳은 제국에서 가장 중요한 시설이니까.
"크로, 비켜."
"응?"
그와 동시에.
말없이 하늘을 우러러보던 친척 누나 에브가 양손을 내밀었다.
――별의 표층으로 소환한다.
――대기(大氣)의 수호.
바람인지 공기인지.

거의 눈에 보이지 않는 불가시(不可視)의 방패가, 주요역에 모인 우리를 감싸듯이 펼쳐졌다. 그것을 피부로 느낀 직후——.

주요역에 정차해 있던 첫차가 맹렬한 화염에 휩싸였다.

눈사태처럼 폭풍이 밀려왔다.

콘크리트 벽을 구멍투성이로 만들어버릴 정도의 충격파가 사방으로 확산됐다. 강철조차 태우는 열파에 휩싸이기 직전에, 대기의 방패가 그것을 막아냈다.

"……열차에 폭탄이 있었어?!"

간발의 차이. 만약에 에브가 지켜주지 않았더라면, 첫차에 다가갔던 사람은 폭풍에 휘말려 흔적도 없이 소멸했을 것이다.

……장소와 타이밍이 지나치게 완벽했다.

……저 열차에 타려고 했던 우리를 숙청하기 위해 설치해놓은 폭탄이잖아!

누구의 악의인지는 모른다.

그러나 한 가지 확실한 사실이 있었다. 이 제도 탈출 계획이 외부에 누설됐다는 것. 그것도 성령 오염자에게 악의를 가지고 있는 누군가에게.

"이, 이게 무슨 일이야?!"

안면이 창백해진 뮈샤.

"바…… 방금 그 폭탄은, 우리를 노린 거지?! 대체 왜?!"

우리는 단지 제국에서 나가려고 하는 건데.
제국의 그 누구에게도 폐를 끼칠 생각은 없다. 그런데 왜 이렇게 방해하는 걸까.

"제1급 긴급 사태."
"제도 1번가에서 11번가에 이르는 모든 구역에서 피난 명령이 발령됐습니다."

울려 퍼지는 경보.
주요역 주변뿐만이 아니라 대로 곳곳에서.

"천수부를 포함한 열두 군데에서 동시 폭발. 불길이 치솟고 있습니다. 즉시 대피하세요."
"대마녀 네뷸리스 일파의 범행으로 추정됩니다."

……뭐라고?
귀를 의심했다.
정보를 소리로는 인식했지만, 그것을 받아들이는 행위는 이성이 거부했다.
……대마녀 네뷸리스? 그건 에브 누나인가.
……누나는 계속 내 옆에 있었어!
100% 오해이거나 누명이었다.

폭발 범행을 저지르기는커녕, 주요역의 첫차에 설치된 폭탄에 맞서서 수백 명이나 되는 사람들을 구해준 영웅이건만.

"이, 이게 무슨…… 에브 언니?!"

언니를 바라보는 동생.

이곳에 모인 동지들의 시선을 한 몸에 받으면서 갈색 소녀는 묵묵히 하늘을 우러러보고 있었다.

"———그렇군."

소름 끼칠 정도로 낮게 눌러 죽인 목소리.

"그렇게까지 해서 나를 마녀로 만들고 싶은 건가."

이어서 폭발음이 들렸다.

타오르는 화염과 솟구치는 불티에 의해 제도의 하늘은 순식간에 검붉게 덧칠되어 갔다.

……제도가 점점 불타고 있다.

……하지만 우리가 한 짓이 아니다. 우리를 악당으로 만들려고 하는 녀석들이 있는 건가!

제국에서 도망치려는 계획은 외부로 누설됐다.

그 시점에서 패배한 것이다. 제국에서 도망치기 위한 집단 피난 행위가, 이제는 제도를 멸망시키기 위한 집단 봉기 행위로 변질되고 말았다.

"대마녀 네뷸리스를 11번가 주요역에서 발견."

"근처에 있는 주민들은 밖으로 나오지 말아주세요. 그 외의 주민들은 속히 지하 대피소로 이동하시길 바랍니다."

"웃기지 마!"
그렇게 소리를 지른 사람은 배낭을 등에 멘 중년 남성이었다. 가족이 성령 오염자가 된 그 사람도 가족을 데리고 제도를 탈출하기로 했었다.
"우리는 아무 짓도 안 했어! 이 폭발도——."
총탄.
그 필사적인 외침을 가르면서 연달아 발포음이 울려 퍼졌다.
『항복해라.』
빌딩들을 모조리 휘감을 기세로 타오르는 불꽃. 그 안쪽에서 장갑차의 실루엣이 떠올랐다.
대규모로 종렬하여 총을 겨누고 있는 보병대.
더구나 그 뒤에서는 거대한 전차가 달려오는 소리도 들려왔다.
『대마녀 네뷸리스 일파에게 고한다.』
『천수부 습격 및 방화. 그리고 제도 파괴 혐의로 구속한다. 너희들이 도망칠 곳은 없다.』
『항복해라.』
항복해서 뭘 어쩌라고?
끝까지 무저항을 고수한 결과, 수백 명이나 되는 동료들이 감옥에 갇혔었다. 항복은 아무 의미가 없다는 사실은 지난 반년 사이에 지겨울 정도로 잘 알게 되었다.

그럼 어떻게 하느냐.

——도망치는 수밖에 없다.

모두가 암묵적으로 이해했다.

열차가 파괴됐다면 제 발로 걸어서 도망치는 수밖에 없다. 우선 제도에서 탈출해야 한다. 어차피 맹렬한 불길이 바로 코앞까지 다가와 있었다.

"도망쳐어어엇!"

"흩어져! 제도에서 빠져나가는 거야. 각자 국경으로 가!"

수십 명이 동시에 소리를 질렀다.

불타오르는 주요역에서 1,000명 이상의 동료들이 뿔뿔이 흩어져 사방팔방으로 뛰어가기 시작했다.

"크로 군!"

"이쪽이야, 앨리스 누나! 우리도 뛰어야 해!"

앨리스로즈와 함께 뛰기 시작했다.

……도대체 누구야? 제도를 불태운 범인은!

……천수부도 마찬가지였다. 설마 융메룽겐한테도 무슨 일이 있는 것은…….

하지만 지금은 자기들부터 챙겨야 했다.

여기서 도망치지 않으면 자기들은 체포돼서 감옥에 갇힐 것이다.

"크로 군! 앞을 봐!"

"……포위됐나?!"

앨리스로즈가 가리킨 것은 대로 앞쪽이었다.

옆의 도로에서 총을 든 제국 병사들이 이쪽으로 줄줄이 뛰쳐나오고 있었다. 그리고 후방에는 무장 차량과 전차라는 일대 전력이 있었다.

앞뒤로 포위당한 것이다.

『멈춰.』

무장 차량에서 경고하는 소리가 들려왔다.

『11번가 주요역 포위는 완료됐다. 천수부를 폭파하고, 제도의 스물일곱 군데에 방화를 한 혐의로 구속한다.』

"……웃기지 마! 우리는 아무것도 안 했어!"

양팔을 벌리고 소리 높여 말했다.

하지만 그런 주장이 통하지 않는다는 것은 자신도 잘 알고 있었다.

왜냐하면 이것은 일종의 현행범이니까. 제국 병사가 보기에는, 주요역 앞에 1,000명이 넘는 성령 오염자들이 모여 있는 비정상적인 사태처럼 보일 것이다.

마치 제도에 불을 지른 마녀들의 단체 집회인 것처럼.

『이것이 최종 통고이다. 멈춰라.』

『저항하거나 도주하면 쏜다.』

이에 대한 대답은――.

"앨리스, 크로. 엎드려."

화염이 솟구쳤다.

제도 여기저기서 타오르는 시뻘건 불꽃이 아니었다. 몰려오는 무장 차량과 전차를 가로막는 것처럼 솟구친 불꽃의 벽. 그것은 눈부시게 선명한 보랏빛 불꽃이었다.

『———?!』

처음 보는 불꽃 앞에서 무장 차량이 잇따라 급정차했다.

"이 제국 병사들은 내가 상대할게. 이놈들의 최우선 목표물은 나일 테니까."

보랏빛 불꽃을 발사한 에브가 성큼 발을 내디뎠다.

"너희들은 먼저 제도에서 탈출해."

"……언니?! 안 돼, 혼자서 그렇게 위험한 짓을 하면 안 돼. 언니도 같이 가자!"

"앨리스."

갈색 소녀가 이쪽을 돌아봤다.

그 등에는 누구보다도 큰 성문이 떠올라 있었다.

"나는 언니야. 걱정하지 마."

"!"

"자, 어서 가. 크로, 앨리스를 지켜줘."

그 순간, 등 떠밀리듯이 움직였다.

말 때문이 아니라. 에브가 최선을 다해 꾸며낸「언니(누나)다운 태도」때문에.

"앨리스 누나, 뛰자!"

무작정 친척 누나의 손을 잡고 뛰었다.

빨갛게 물든 하늘——.

점점 불바다에 삼켜지고 있는 제도를 탈출하기 위해, 크로스웰이 선택한 것은 큰길에서 벗어난 뒷골목이었다. 좁고 복잡한 수많은 경로 중에서는 이 제도의 가장자리까지 이어지는 루트가 있었다. 이 동네 주민만 알고 있는 길이었다.

"크로 군, 다른 사람들은……."

"다들 다른 길로 도망치고 있을 거야. 어차피 도망치지 않으면 화재에 휘말릴 거야!"

제도를 뒤덮는 불꽃은 점점 더 거세졌다.

이쪽 빌딩에서 저쪽 빌딩으로 불이 옮겨붙더니, 그게 또 민가로도 옮겨붙었다. 아무것도 없이 맨몸으로 집에서 뛰쳐나오는 민중의 모습도 보였다.

……성령 오염자뿐만이 아니었다.

……제도에 사는 사람들 전원이 도망쳐야 하는 규모의 대화재였다.

불을 등지고 죽어라 달렸다.

"앨리스 누나, 지금은 우리가 도망치는 것만 생각하자. 여기서 우리가 붙잡히면, 그때는 정말로 에브 누나를 볼 낯이 없———엇?!"

좁은 길을 거침없이 달려가던 다리가 멈췄다.

눈앞에 벽이 있었다.

그것도 철판이나 목판 같은 폐자재를 산더미처럼 쌓아놓은 바리케이드였다.

"……다 예상하고 있었던 거냐!"
제국군이 "포위했다"고 선언한 이유가 이것이었다.
탈출 계획은 외부로 누설됐다. 아마도 어제나 엇그제 시점에서 이미 제도 탈출 루트를 모조리 막아놨을 것이다.
"크로 군, 뒤에……!"
등 뒤에서 다가오는 군화 소리. 앨리스로즈의 얼굴이 굳어졌다.
도망칠 곳이 없었다.
뒤에서는 무장한 제국 병사가 다가오고, 눈앞에는 폐자재를 쌓아 만든 바리케이드가 있었다.
……어쩌지?! 무력으로 저 제국 병사들을 해치우는 것은 불가능하다.
……바리케이드를 기어 올라갈까? 아냐, 올라가는 도중에 저 놈들이 쫓아와서 우리를 쏠 거야.
현실은 잔혹했다.
에브는 혼자서 수많은 제국 병사들을 막아내고 있는데, 자신은 소중한 가족을 데리고 도망치는 것조차 제대로 못 한다.
산더미 같은 바리케이드가 앞길을 가로막고 있어서.
……아니, 잠깐만.
……이와 비슷한 상황이 있었잖아. 뭔가가 앞길을 가로막던 때가.
천수부에 몰래 들어갔을 때.
융메룽겐의 방 앞까지 갔는데도 기계식 문은 열릴 기미가 안 보였다. 그때 자신은 어떻게 했더라?
"……앨리스 누나, 내 뒤에 숨어."
"뭐? 크로 군?"
"무모한 도전을 해볼게."
겹겹이 쌓인 철판과 쇠파이프 앞에서 크로스웰은 말없이 자기 목에 있는 성문을 만졌다. 융메룽겐의 방의 문을 억지로 열었을 때의 그 초인적인 힘을———.
처음으로 빌었다.
이 몸에 빙의한 성령을 쭉 알면서도 모른 척하고 살아왔던 자신이, 처음으로 빌었다.
……힘을 빌려줘. 원한다면 거래를 할게.
……이곳을 탈출할 힘을 준다면. 나는 평생이라도 좋으니까 성령, 너를 받아들이겠어!
성문이 한층 더 강하게 빛났다.
자신의 결의에 호응하는 것처럼.
"비켜어어어어어어어어어엇!"
전력을 다하여 온 몸을 던지면서 돌격.
산이 폭발했다.
높이 쌓여 있던 수백 킬로그램의 고철 더미가, 크로스웰의 몸통박치기를 당하자마자 즉시 산산이 부서져 날아가 버린 것이다.
마치 열차가 충돌한 것처럼.
바리케이드를 하나로 모아 지탱해주던 철조망이 산산조각 나서 폐자재와 함께 허공을 날았다.

"……어? 크, 크로 군, 이건 네가 한 거야……?!"

"…………헉…… 헉…… 휴, 무식하게 힘만 센 성령이라니, 꼴사납네."

잔해들이 마구 흩어져 있는 길을 따라 달리기 시작했다.

그런데 사방팔방으로 흩어진 동료들이 걱정되었다. 그들도 각자 자기 나름의 수단 및 경로로 제도에서 탈출하려고 하고 있을 것이다.

……우리는 바리케이드를 돌파할 수 있었다.

……그것은 나에게 우연히 그 상황에 적합한 성령이 들러붙어 있었기 때문이다.

그렇지 않은 사람도 많았다.

제국 상층부가 발표한 마녀 명부에는, 성령의 힘을 쓰지 못하는 사람도 단지 성령이 빙의했다는 이유만으로 포함된 경우가 많았다.

앨리스로즈도 마찬가지였다.

일반인과 전혀 다르지 않기 때문에, 에브나 자신이 도와줘야 한다.

그런데 그때——.

"바리케이드가 파괴됐다. 일급 경계 마녀다. 발포를 허가한다."

"성령 에너지 반응! 여기서 오른쪽이다!"

좁은 골목 뒤편에서 시끄러운 호령 소리와 발소리가 연이어 들려왔다.

"크로 군, 저들이 접근하고 있어!"

"누나, 뛰어!"

앨리스로즈의 손을 잡고 십자로에서 오른쪽으로 꺾었다.

그러나 제국 병사의 기척은 멀어지기는커녕 뛰면 뛸수록 더 가까워졌다. 그 사실을 인식하자 저절로 차가운 것이 뺨을 타고 흘러내렸다.

상대는 무서울 정도로 정확하게 우리를 추적하고 있었다.

……우리는 미로 같은 뒷골목을 돌아다니고 있는데.

……어떻게 저 제국 병사들은 우리의 현재 위치를 훤히 알고 있는 거지?

성령 에너지 반응.

뒤에서 몇 번이나 들려온 그 낯선 단어.

"아, 설마?!"

목에 있는 성문을 손으로 만졌다.

마치 호러 같은 현실이었다. 설마 제국 상층부는, 성령이 발하는 에너지를 감지하는 탐지기를 이미 개발한 건가?

"앨리스 누나, 뒷골목은 안 돼. 숨어봤자 소용없어!"

"뭐?!"

"일종의 열 감지기 같은 거야. 저 녀석들은 성령 에너지를 감지하고 있어. 뒷골목으로 다녀도 들킨다면, 차라리 큰길에서 똑바로 달리는 게 더 빨라!"

가장 빠르고 짧은 루트로 제도를 탈출한다.

그래서 앞장서서 큰길로 뛰쳐나갔는데…… 크로스웰은 그것이 잘못된 판단이었음을 순식간에 깨달았다.

보면 안 되는 광경이었다.

제국군한테 연행되어 가는 마녀(동료)들.

총을 맞아 피를 흘리는 사람, 눈물을 흘리며 절규하는 사람.

그러나 동료들만 피해를 본 것은 아니었다. 쓰러진 동료들 주위에는 비슷한 숫자의 제국 병사들이 있었다. 그들도 피를 흘리며 쓰러져 있었다.

——일방적인 괴멸이 아니었다.

——제국군과 성령 오염자는 둘 다 공평하게 부상을 당했다.

에브를 필두로 하여 성령 오염자 중에는 강력한 성령을 지닌 사람이 다수 있었다.

그 성령의 힘일 것이다.

아스팔트 바닥이 산산조각이 났고, 제국군 전차가 두 동강이 났고, 한때 무장 차량이었던 것이 원형을 알아보지 못할 정도로 강력한 힘에 의해 구부러져 있었다.

승자 따위는 없었다.

피를 흘리며 쓰러진 제국 병사와 그 옆에 쓰러진 동료들.

"…………이게 뭐야."

너무나 처참한 그 광경 앞에서 이제는 그런 말밖에 안 나왔다.

어쩌다 이렇게 되어버린 걸까.

——성령 오염자는 단지 평온한 장소로 도망치고 싶어 했다.

——제국군은 제도에 불을 지른 마녀와 마인을 진압할 수밖에 없었다.

여기서 나쁜 사람은 없었을 것이다.

모든 사람이 최선을 다해 살기 위해서 행동했고, 그 누구도 잘못은 하지 않았을 텐데.

성령 오염자도, 제국군도 무차별적으로 점점 다치기만 했다.

그중에는——.

대마녀라고 불리는 갈색 소녀도 포함되어 있었다.

"에브 언니!"

"윽! 앨리스?!"

큰길의 저 머나먼 뒤편에서 에브가 이쪽을 돌아봤다.

연기와 불티를 뒤집어써서 그을음투성이가 된 얼굴. 그 뺨에는 나이프로 베인 듯한 상처가 있었고, 이마에서 흐르는 피가 한쪽 눈을 가리고 있었다.

"에브 언니, 그 상처는……!"

앨리스로즈의 얼굴에서 핏기가 가셨다.

에브의 상처는 총탄에 의한 것처럼 보였다. 성령의 힘으로 직격은 면했지만, 결국 완벽하게 피하지 못하고 몇 발이나 피부를 스쳐 지나간 것이다.

상처 중에는 나이프로 찌른 것처럼 깊은 상처도 있었다.

"언니, 그만해! 이제 도망가자!"

"동료부터 구해야 해!"

만신창이라고 표현할 수밖에 없는 언니가 여동생을 보자마자 그렇게 소리를 질렀다.

"그러는 앨리스, 너도! 큰길로 나오지 말고 빨리 이 제도에서 탈출해!"

"________."

"앨리스?"

언니의 목소리에 힘차게 맞서면서.

말리려고 하는 크로스웰의 손조차 뿌리치고, 쌍둥이 동생은 숨기는커녕 큰길 한복판으로 돌연 뛰어가기 시작했다.

그리고 총을 겨누는 제국 병사들 앞에서 양팔을 활짝 벌리더니.

"다들 이제 그만하세요!"

불타오르는 제도에 소녀의 비탄의 목소리가 울려 퍼졌다.

에브나 크로스웰이 막을 새도 없이 앨리스로즈가 달려간 곳은, 어느 잔해의 무더기 앞에서 웅크리고 있는 모녀 곁이었다.

둘 다 성령 오염자인데 그저 순수하게 안전한 곳으로 도망치고 싶어 할 뿐이었다.

그런 부모와 자식한테도 제국 병사는 총을 겨누었다.

"앨리스 누나?!"

"앨리스, 그만둬!"

"부탁이에요, 우리는 아무 짓도 안 했어요. 이 화재도 우리랑은 상관없어요……!"

눈이 빨갛게 부어버린 앨리스로즈가 필사적으로 목소리를 쥐어 짜내면서 제국 병사들에게 말했다.

총구의 표적이 된 부모 자식을 감싸주면서.

"우리는 그저 이 나라를 떠나고 싶은 거예요! 제발 우리 이야기를 들어줘요. 이런 싸움은 아무도 원하지 않는데, 도대체 왜——."

한 발의 총성.

제도 곳곳에서 울려 퍼지는 포격 소리 및 불티가 터지는 소리에 섞이는 바람에, 그 단 한 발의 소리를 들은 사람은 거의 없다시피 했다.

에브도, 크로스웰도.

그 총성을 눈치채지 못한 채, 무슨 일이 일어났는지 이해하기도 전에———.

앨리스로즈가 어깨에서 피를 뿜으면서 쓰러졌다.

비명은 없었다.

웅크리고 있는 부모와 자식의 눈앞에서 앨리스로즈의 무릎이 꺾이더니, 아무 말도 없이 그 몸이 쓰러져갔다.

“앨리스 누나?!”
정신없이 땅을 박찼다.
……총에 맞았다. 어디야, 어깨야?! 가슴을 노린 총알이 빗나간 건가!
……딱 한 발인가?!
머릿속이 새하얗게 변해갔다.
제국 병사의 총이 이어서 자신을 조준하는 것도 눈치채지 못했다. 쓰러진 친척 누나를 끌어안았는데, 바로 그 순간을 노리고 발포가———.

오너라, 하늘의 지팡이여.
So aves cal pile.

쩍.
갈라진 공간 너머로.
자신과 앨리스로즈와 그 뒤에 있는 모녀를 노리고 날아온 수십 발이나 되는 탄환이, 쑥 빨려 들어갔다.
“……이제 알았어.”
그 음성은 머리 위에서 들렸다.
제도의 하늘이 돌연 먹구름으로 뒤덮인 것처럼 어두워지더니, 태양빛조차 차단하는 불길한 검은 장기(瘴氣)가 소용돌이치기 시작했다.

그 소용돌이의 중심에서.
갈색 대마녀가 공허한 눈빛으로 제국군을 내려다보고 있었다.
"……이 세계에는 영웅도 구세주도 없다. 그런 것이 있다면, 어째서 나의 가족이 다쳐야 한단 말인가…… 도망치다가…… 그저 상처만 입을 뿐이라면……."
검은 기류가 뭉쳐지더니.
에브의 오른손 안에서 비틀린 검은색 지팡이가 형성되었다.
"내가 제국을 소멸시켜주마."
마녀와 마법 지팡이.
검은 지팡이를 손에 든 에브의 모습은 그야말로 수많은 동화 속에 등장하는 마녀 그 자체였다.
"나는 마녀이고, 너희 제국 병사들은 내 적이다."
소녀가 지팡이를 아래로 휘둘렀다.
크로스웰의 눈에 그런 동작이 비친 순간, 대기가 비명을 질렀다.
——공간 파괴.
빌딩이 싹 날아갔다. 마치 바람을 맞은 모래성처럼.
아스팔트 바닥이 모래알 같은 입자가 되어 벗겨져 흩날렸다. 장갑차와 전차가 나뭇잎처럼 허공에서 빙글빙글 돌며 하늘로 떠올라 저 멀리 날아갔다.
그 파괴는 소리 없이 진행됐고.
정신을 차렸을 때는——.
제도의 길거리였던 것이 어느새 잔해로 가득한 황야가 되어 있었다.

"성가신 것들."

다시 한번 지팡이로 허공을 갈랐다.

미사일 폭발조차 능가하는 충격파가 발생하면서 후속 원군 ——전차 다섯 대를 한꺼번에 지평선까지 날려 보냈다.

쥐 죽은 듯 고요해지는 큰길.

"————."

하늘에서 아래를 내려다보는 에브.

그녀의 눈에는, 개미처럼 무력한 제국 병사들이 다 죽어가는 상태로 쓰러져 있는 모습이 비치고 있을 것이다.

——입장이 반대가 되었다.

대마녀 네뷸리스가 각성해버림으로써.

이제 제국군은 사냥하는 쪽이 아니었다. 마녀에게 사냥을 당하는 사냥감이 되었다.

"처음부터 이랬으면 좋았을 텐데."

에브가 텅 빈 눈동자로 불쑥 한마디 중얼거렸다.

"내 동생을 아프게 하는 제국 따위는. 사라지면 돼."

지팡이를 들었다.

거의 황야로 변해버린 이곳의 건물 그늘에 숨어서 이 사태를 전부 다 목격한 제국 병사 생존자들을 향해.

"퇴, 퇴각해! 빨리!"

제국 병사 수십 명이 총도 내버리고 도망치기 시작했다.

그런 지상을 향해 에브가 세 번째로 지팡이를 들어 올렸다.

"놓칠 것 같으냐."

"……언니…… 그만, 해……."

크로스웰의 품속에서.

새빨갛게 변한 자기 어깨를 붙잡고 있는 여동생의 가냘픈 목소리가 분명히 들렸다.

"이제 그만해…… 이런 짓은…… 나는 괜찮으니까. 이제 그만해, 언니도, 다른 사람들도, 이런 일로 상처받는 것은…… 원하지, 않아……."

언니에게는 닿지 않았다.

빌딩이 무너지는 굉음. 활활 타오르는 불꽃이 폭발하는 기척. 그 와중에 앨리스로즈의 가냘픈 목소리가 언니의 귀에 닿을 리가 없었다.

"……언……니."

"에브 누나, 이 정도면 됐어! 이제 그만해!"

그래서 그 대신 크로스웰이 소리를 질렀다.

에브의 포학한 행위 앞에서 제국군은 뼛속까지 얼어붙을 듯한 공포를 느꼈을 것이다.

마녀들이 제도에 불을 질렀다――누군가가 유포한 가짜 시나리오가 지금 여기서 진실이 되어버린 것이다.

……에브 누나와의 전투로 제국군은 괴멸 직전이었다.

……빌딩도 무너졌고, 지면도 엉망진창이었다.

이제는 오해라는 말로 해명할 수 없게 되었다.

이 파괴 행위를 보고 "마녀는 무섭지 않다"고 그 누가 말할 수 있겠는가. 마녀는 위험하기 짝이 없는 괴물이다. 그런 이미지가 제국 주민의 가슴속에 강하게 박혀버렸다.

"그 정도면 됐어, 누나! 불길도 여기까지 뻗쳐 왔어, 탈출해야 해!"

"————."

크로스웰의 목소리도 들리지 않는 것 같았다.

참으로 얄궂은 일이었다. 가족이 다친 것을 보고 격앙했건만, 그런 대마녀 에브가 가족의 목소리조차 듣지 못할 정도로 분노에 휩싸여 거의 이성을 잃은 것이다.

"사라져라, 제국."

지팡이를 높이 치켜드는 마녀.

계속 뛰어가는 제국 병사들을 향해 하늘의 지팡이를 밑으로 던지려고 했다. 그 순간, 건물 그늘 속에서 조그만 그림자가 뛰쳐나왔다.

『기다려.』

커다란 비옷을 입은 조그마한 사람이었다.

눈이 가려질 정도로 깊이 눌러쓴 후드 때문에 얼굴도 잘 보이지 않았지만, 이곳에 있는 사람 중 유일하게 크로스웰은 놀라서 숨을 들이켰다.

가족 다음으로 잘 아는 「말벗」의 목소리였기 때문이다.
"융메룽겐?!"
『안녕, 크로. 우리 둘 다 일이 제대로 안 풀리는구나.』
후드를 벗었다.
그 얼굴이 드러난 순간, 앨리스로즈와 등 뒤의 모녀가 비명을 냈다.
——인간이 아닌 수인.
머리에서 튀어나온 커다란 귀. 비옷 아래에서도 자세히 보면 여우처럼 털이 복슬복슬한 꼬리가 삐져나와 있었다.
『에브, 너는 놀라지 않는구나. 하기야 괴물 레벨을 따진다면 **우리 둘 다 피차일반이니까.**』
"————."
하늘에서 수인을 내려다보는 대마녀.
이 세계에서 제일 강력한 성령을 가지고 있는 두 사람이 처음으로 대면한 순간이었다.
『아, 맞다. 에브라고 부르는 것은 너무 무례한가? 크로가 늘 그렇게 불러서 무심코 따라 했는데, 실은 네뷸리스라고 불러야 하나.』
"……너는."
『이런 꼴이어도 황태자야. 별의 배꼽에서 만났잖아? 유감스럽게도 멜른은 네 얼굴을 기억하지 못하지만, 너에 관한 이야기는 크로를 통해 자주 들었어.』

수인이 하늘을 우러러봤다.

에브가 아니라, 하늘을 물들이고 있는 무수한 불티를 가만히 응시하면서 이야기했다.

『제도는 이제 곧 완전히 불타버릴 거야.』

“그래서. 뭐?”

『이 불을 지른 사람은 네가 아니지?』

“그래서 뭐 어쩌라고.”

대마녀의 대답은 무정하리만치 차가웠다.

지금 제도를 뒤덮고 있는 불은 누군가의 계략일 것이다. 하지만 에브 본인도 이제는 이 도시를 멸망시키려고 하는 것이 현실이었다.

동료인 성령 오염자를, 동생을, 다치게 했다.

그것이「제국」이라는 국가의 소행이라는 것은 틀림없는 사실이니까.

『하고 싶은 이야기가 있어.』

융메룽겐이 대마녀를 쳐다봤다.

『너희들을 그냥 보내줄게. 제국 바깥으로 나갈 수 있도록, 국경 경비도 하지 말라고 멜른이 지시를 할게. 그러니까 제도를 더 이상 파괴하는 것은 그만둬주지 않을래?』

“……뭐라고?”

『이거 봐. 제도는 이미 잿더미가 되었어.』

새빨간 불꽃으로 뒤덮인 하늘 아래에서 검게 타오르는 빌딩들.

이미 제국 병사와 성령 오염자와의 싸움의 수준을 넘어섰다. 미증유의 대화재. 지금 당장 싸움을 그만두고 화재 진압에 전념하지 않으면 최악의 결말을 맞이할 것이다.

『수만 명이나 되는 민중이 집을 잃었어. 더 이상의 피해는 멜른도 용납할 수 없어.』

"감히 그런 말을!"

하늘에서 마녀의 포효 소리가 울려 퍼졌다.

"제국의 민중? 웃기는구나. 그들은 바로 우리에게 그토록 심한 짓을 했던 장본인이고, 제국군이 부추기는 대로 우리를 박해했던 자들이다!"

『맞아. 그것을 막지 못했던 것은 멜른의 책임이다……. 자, 보아라.』

비옷이 허공을 날았다.

타오르는 불꽃을 배경 삼아서 은색 수인의 몸이 드러났다.

엄청나게 많은 탄흔과, 보랏빛 피로 뒤덮인 털북숭이 육체가.

보통 사람이라면 즉사했을 것이다.

인간이 아닌 육체였기 때문에 가까스로 살아남았다. 그런데 여기서 크로스웰이 주목한 것은, 그것이 탄흔이라는 사실이었다.

……총을 가진 인간은 경비대나 제국 병사밖에 없을 것이다.

……설마 그놈들의 총에 맞은 건가?!

황태자를 노리는 누군가가 있었다는 증거였다.

『보다시피 이런 상황이야. 네뷸리스. 제국을 엉망으로 만들려는 사람이 있어.』

상공에 있는 마녀를 상대로.

피투성이 육체를 드러내는 융메룽겐.

『성령 오염자에 대한 비난도 그놈들이 선동한 것이다. 제국군도, 제국 의회도 전부 다 속아 넘어간 거야. 단, 확실한 증거는 없다.』

"————."

『그리고 네뷸리스. 너도 눈치챘지? 네 육체에 들러붙은 성령이 가르쳐줄 테니까. 여기서 싸우는 것은 의미가 없어.』

"왜?"

『진정한 재액이 별의 중추에 남아 있으니까.』

쥐 죽은 듯이 조용해졌다.

크로스웰도, 앨리스로즈도 마찬가지였다.

진정한 재액이라는 단어의 의미를 이해할 수 없었다.

……융메룽겐, 무슨 소리를 하는 거야?

……나한테는 그런 이야기를 해준 적이 한 번도 없었잖아!

『미안해. 크로. 실은 좀 더 차분한 상황에서 이야기하고 싶었어.』

여전히 등을 보인 채 융메룽겐이 말했다.

『그런데 네뷸리스. 너만은 직감적으로 이해할 수 있잖아? 멜른의 이야기가 거짓말이 아니라는 것을. 지상으로 올라온 성령은, 실은 **별의 중추에서 지상으로 도망쳐왔다**는 것을.』

"――――――."

『네 힘이 필요해. 너의 적은 제국이 아니야.』

"하고 싶은 말은 그게 다냐?"

진짜 마녀의 주문처럼.

하늘에서 내려오는 소녀의 목소리는 크로스웰조차 헤아릴 수 없을 정도로 거대한 분노와 증오로 가득 차 있었다.

"제국의 주민이 누군가에게 선동을 당했다고? 그런다고 죄의 무게가 좀 달라져?! 나는 내 동생을 다치게 한 제국 병사와 내 동료를 상대로 실컷 침과 욕을 뱉어댔던 제국 주민들이 미워! 융메룽겐, 네가 말하는 그 재액인지 뭔지는 나하고는 상관없어!"

『그래서 멸망시킨다고?』

"멸망시킬 거다! 내 가족과 동료를 지키기 위해!"

『…………유감이야. 네뷸리스. 넌 역시 마음까지 마녀인 거구나.』

짐승의 안광.

인간이 아닌 모습으로, 입가에서 날카로운 이빨을 드러내면서.

『그렇다면 멜른도 자신의 나라를 지키기 위해 너를 막아야만 해.』

"나를 막는다고?"

『멜른의 힘은 말이지. 너와 동귀어진을 해도 된다는 조건이라면, 그것도 해내지 못할 것은 없어.』

휘이잉 하고 몰아치는 회오리바람.

제도를 삼키는 불길은 점점 더 거세지고 있건만, 수인과 마녀 사이에 부는 바람은 땀방울조차 얼려버릴 정도로 지독한 냉기를 띠고 있었다.

시작된다.

아니, 기어코 시작돼버린다.

이 세상에서 가장 강한 성령과 융합한 두 사람의, 목숨을 건 격돌이.

……잠깐만. 웃기지 마.

……에브 누나도 융메룽겐도, 진심으로 그것밖에 방법이 없다고 생각하는 거야?!

싸워서 뭘 어쩌자고!

생각해보면 저 두 사람이 꿈꿨던 미래는 똑같은 것이었을 텐데.

제국 탈출 계획이 그 완벽한 예였다.

누구보다도 먼저 제안했던 사람은 융메룽겐이었다. 자신은 제국에 남겠다는 결단을 내리면서도 크로스웰에게는 탈출을 권유했었다.

에브도 대마녀라고 욕먹으면서 제국 탈출 계획을 주도해왔다.

……동료(성령 오염자)들을 위해서 누구보다도 최선을 다해 일했던 두 사람이 아닌가!

……그런데 왜 여기서 맞서 싸워야 하는가?!

다른 선택의 여지는 없는 건가?

가장 사랑하는 가족이냐, 가장 허물없는 친구냐. 자신에게는 둘 다 잃어버릴 수 없는 소중한 존재였다.

그럼 어떻게 하면 멈출 수 있을까?

……단순히 "그만해"나 "진정해"라는 말을 해봤자 소용없을 것이다.

……이 두 사람을 멈추게 하려면, 그에 걸맞은 동기가 있어야 한다.

어떻게 하면 좋을까.

이곳에서 두 사람이 싸우지 않고 넘어갈 수 있는 선택은——.

"기다려봐!"

화염이 밀려오는 가운데 크로스웰은 온 힘을 다해 숨을 토해냈다.

"에브 누나, 융메룽겐, 둘 다 멈춰!"

그러나.

수인과 마녀가 순순히 고개를 끄덕일 리 없었다.

『미안해, 크로. 아무리 그래도 여기서는 물러설 수 없어.』

"넌 빠져 있어, 크로. 너는 앨리스와 함께 어서 제도에서 나가."

"————."

묵묵히 걸음을 옮겼다. 크로스웰이 멈춰 선 곳은 융메룽겐의 눈앞이었다. 거기서 처음으로 머리 위에 있는 에브를 돌아보면서 양팔을 벌렸다.

융메룽겐을 지키려는 것처럼.

"크로?!"

머리 위에 있는 에브가 눈을 부릅떴다.

"뭐 하는 거야?! 비켜, 크로. 난 네 뒤에 있는 녀석을 제거할 거야!"

"……생각을 해봤는데."

머리 위에 있는 에브에게.

뒤쪽에 있는 앨리스로즈에게.

그리고 바로 뒤에서 망연자실한 표정을 짓고 있는 융메룽겐에게 말했다.

"나는 제국에 남을래."

"뭐?! 크로……!"

에브의 표정이 굳어졌다.

이 남동생이 도대체 무슨 말을 하는 거야? 하고 생각했을 것이다. 하지만 몹시 급박한 이 전장에서 자신이 내놓을 수 있는 결론은 이것밖에 없었다.

"……크로 군…… 그게 무슨 소리야?!"

"미안해, 앨리스 누나. 가장 중요한 순간에 도움이 안 되는 동생이라서."

기운이 빠진 앨리스로즈의 시선을 피해 눈을 돌렸다.

정색하는 그녀의 얼굴을 똑바로 마주 보기가 힘들었다. 그 정도로 이것은 자신에게도 무척 괴롭고, 고민스럽고, 도저히 어쩔 수 없어서 하는 진짜 최후의 선택이었다.

"하지만 방법이 이것밖에 없어. ……내가 지금 여기서 생각할 수 있는 최선의 방법이야."

쌍둥이 동생에게서 눈을 떼고 저 위의 언니를 쳐다봤다.

"에브 누나. 지금 당장 동료들과 앨리스 누나를 피난시켜줘. 제국 바깥으로 나간 후에도 모두를 지켜줄 수 있는 사람은 누나밖에 없어."

"야, 크로, 너……?!"

"난 이 녀석을 도와줄 거야."

고개만 돌려 쳐다본 상대는――.

넋을 잃은 표정으로 이쪽을 바라보는 은빛 머리 수인이었다.

"누나가 아무리 날뛰어도 제국에서는 아무도 그것을 이해해주지 않아. 제국을 내부에서부터 바꿀 수 있는 사람은 이 녀석밖에 없어. 하지만 이 녀석은 이런 모습이라서, 천제가 되어도 대중 앞에는 나설 수 없어. 누군가가 곁에 있어야 해."

『……크로…….』

융메룽겐의 음성에 오열이 섞였다.

인간이 아닌 모습이 되어버린 그 황태자가 무슨 말을 하려고 했는데――――.

지금 해방시킨다. 별의 종말의 노래를 들어라.

Ris sia sohia, Ahz cia r-teo, So Ez xiss clar lef mihas xel.

발밑의 땅속 깊은 곳에 있는 별의 중추에서.

비정상적으로 더없이 거대한 언령(言靈: 영적인 힘을 지닌 말)이 별을 흔들었다. 그와 동시에 현기증과 비슷한 이물감과 한기가 크로스웰을 덮쳤다.

순간적으로 기절할 뻔할 정도로 엄청난 거부 반응.

……오한이 멈추지 않았다.

……뭐야, 방금 그 목소리는?! 지금 나는 누구의 목소리를 들은 거지?!

인간이 아니었다.

지저 밑바닥에서 울리는 그 언령(목소리)을 접한 순간, 온몸이 가위 눌린 것처럼 꼼짝도 못 하게 되었다. 그런데 크로스웰만 그런 것이 아니었다.

『…………싫어, 오지 마!』

"융메룽겐?!"

은색 수인이 그 자리에서 힘없이 쓰러졌다.

숨이 거칠어지더니 이마에는 굵은 땀방울이 맺히기 시작했다.

『……어때……? 이제 알았지, 네뷸리스……? 너도 느꼈잖아. 저것의 언령을. 이래도 네가 싸워야 할 상대는 제국인가?』

"————!"

갈색 소녀가 낙하했다.

지면에 무릎을 대고, 융메룽겐과 마찬가지로 똑바로 서지도 못하고 숨을 거칠게 쉬었다.

……나만 그런 것이 아니었다.

……누나, 그리고 융메룽겐도.

개인차는 있었다. 앨리스로즈와 그 뒤의 모녀는 그저 '무슨 일이 일어났나?' 하고 당황하여 주위를 둘러보고 있었다.

"……입 다물어, 융메룽겐."

에브가 어금니를 꽉 깨물었다.

떨리는 무릎에 억지로 힘을 주고 일어나더니, 비틀거리면서 여동생을 향해 걸어갔다.

"너를 그냥 보내주는 것은 크로 때문이다. ……나의, 제국에 대한 원한은 전혀 사라지지 않았어. 제국을 바꾼다고? 할 수 있으면, 마음껏 해봐……."

쌍둥이 언니는 동생의 등에 손을 댔다.

"앨리스, 가자. 네 어깨의 출혈은 심각해. 우선은 그것부터 치료해야 해."

"……자, 잠깐만, 에브 언니?! 크로 군은……!"

"———."

침묵하는 언니.

그 질문에 대답해야 하는 사람은——.

"앨리스 누나."

이번에는 눈을 피하지 않았다.

가장 사랑하는 가족에게 크로는 활짝 웃으며 대답했다.

"고마워. 고작 반년 만에 이런 식으로 제도 생활을 끝내게 되었지만, 그동안 에브 누나와 앨리스 누나 덕분에 즐거웠어."

"……!"

"앨리스 누나. 어깨의 상처에는 꼭 신경 써야 해. 안전한 곳에 가서 얼른 치료해."

"……크로 군!"

"조심해서 잘 가."

나는 걱정할 필요 없으니까.

떨릴 것 같은 다리에 애써 힘을 주면서, 필사적으로 끝까지 배웅하는 가운데——.

쌍둥이 자매는 사라져갔다.

에브의 성령의 힘일 것이다.

허공에 생겨난 검은 소용돌이 속으로 빨려 들어가는 것처럼, 가장 사랑하는 가족이었던 그 자매는 제도에서 완벽하게 모습을 감췄다.

"……안녕, 누나들."

불타오르는 제도에서.

그 자리에 남은 크로스웰은 홀로 입술을 깨물었다.

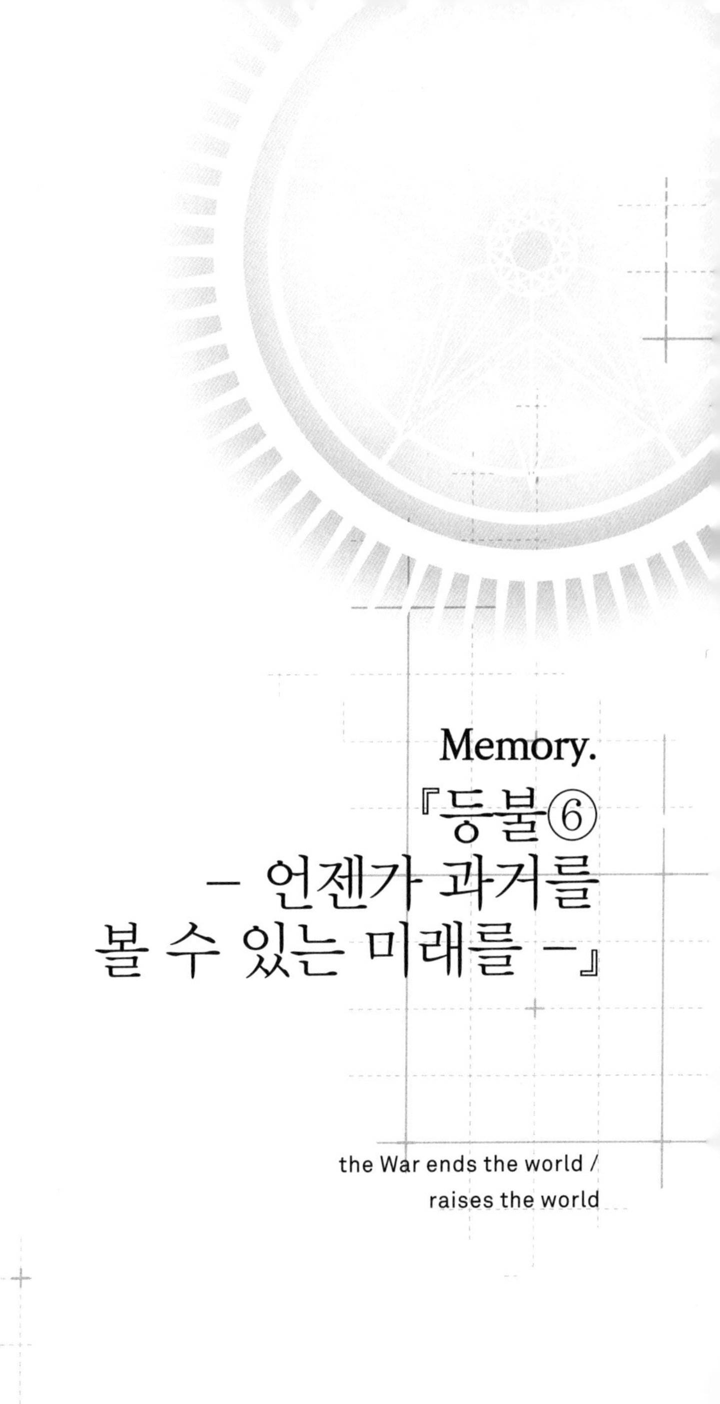

Memory.
『등불⑥
– 언젠가 과거를 볼 수 있는 미래를 –』

the War ends the world / raises the world

제도 하켄베르츠는 완전히 불타버렸다.

수도 곳곳에 설치되어 있던 폭탄의 연료에 불이 붙는 바람에, 불꽃이 빌딩도 민가도 다 삼키면서 제도를 벌겋게 물들였다.

그 모든 과정을——.

제도가 훤히 보이는 언덕에서 크로스웰은 속수무책으로 내려다볼 수밖에 없었다.

“이 불을 지른 사람은 우리가 아니야.”

『알아. 네뷸리스에게도 그렇게 말했잖아.』

그 목소리는 바로 옆에서 들려왔다.

언덕의 수풀에 드러누워 있는 융메룽겐이 퉁명스럽게 그렇게 말했다. 활활 타오르는 제도는 보고 싶지 않다면서. 황태자는 내내 누워서 쭉 하늘을 쳐다보고 있었다.

『이것은 멜른이 새로 발견한 사실인데. 성령이 만들어낸 불은 금방 꺼져. 이 불은 아직도 타고 있지. 누군가가 마녀로 위장해서 불을 지른 거야. ……하지만 결국 방법이 없지. 이 화재도, 다른 것도 전부 다 네뷸리스의 소행이 될 거야.』

대마녀 네뷸리스가 제국군을 유린했다.

제도의 거리를 파괴한 것도 사실이고, 제국 병사와 주민이 그 장면을 목격하고 말았다.

——마녀는 괴물이다.

그런 인상이 이로써 결정적으로 굳어졌을 것이다.

"이 사건의 주모자는? 너도 자객한테 습격을 당했다면서?"

『멜른을 습격한 자객은 아무것도 자백하지 않았어. 뭐, 그래도 대충 예상은 가.』

"……누구인데."

『팔대장로.』

융메룽겐에게서 흘러나오는 한숨.

『이런 규모로 일을 꾸미는 권력자는 그 녀석들밖에 없어. 하지만…… 그것은 결국 소거법이야. 분하지만 확증이 없어.』

수풀 속에 누운 융메룽겐이 천천히 상반신을 일으켰다.

이마에 손을 대고 앞머리를 거칠게 꽉 움켜쥐는 시늉을 하더니.

『……크로.』

그 입에서 흘러나오는 말에는, 끓어오르는 분노가 배어 있었다.

『더 이상 기다릴 시간이 없어. 당장이라도 멜른은 천제로 즉위해서 제국의 명령권을 일소하고 싶어. 제도를 불태운 녀석들을 반드시 심판할 거야.』

"증거가 없다고 했잖아."

『찾아낼 거야.』

융메룽겐이 일어났다.

그리고 몸에 묻은 풀잎을 탁탁 털어내면서 말했다.

『이 별은 지금도 새로운 성령이 태어나고 있어. 그 성령 중에는 어쩌면 **과거를 볼 수 있는 성령**이 있을지도 몰라. 그 성령이 인간에게 깃든다면——.』

"그렇게 우리 형편에 딱 맞는 인간이 과연 나타날까?"

『찾아야지. 시간은 얼마나 걸리든 상관없어. 어차피 제도의 재건에는 시간이 걸릴 테니까. 50년, 아니, 100년이 걸려도 돼. 힘들겠지만——.』

휴 하고 숨을 내쉬더니.

이 나라의 천제가 될 황태자는 아주 약간 기뻐하는 것처럼 미소를 지었다.

『크로, 고마워. 네가 있어서 기뻐.』

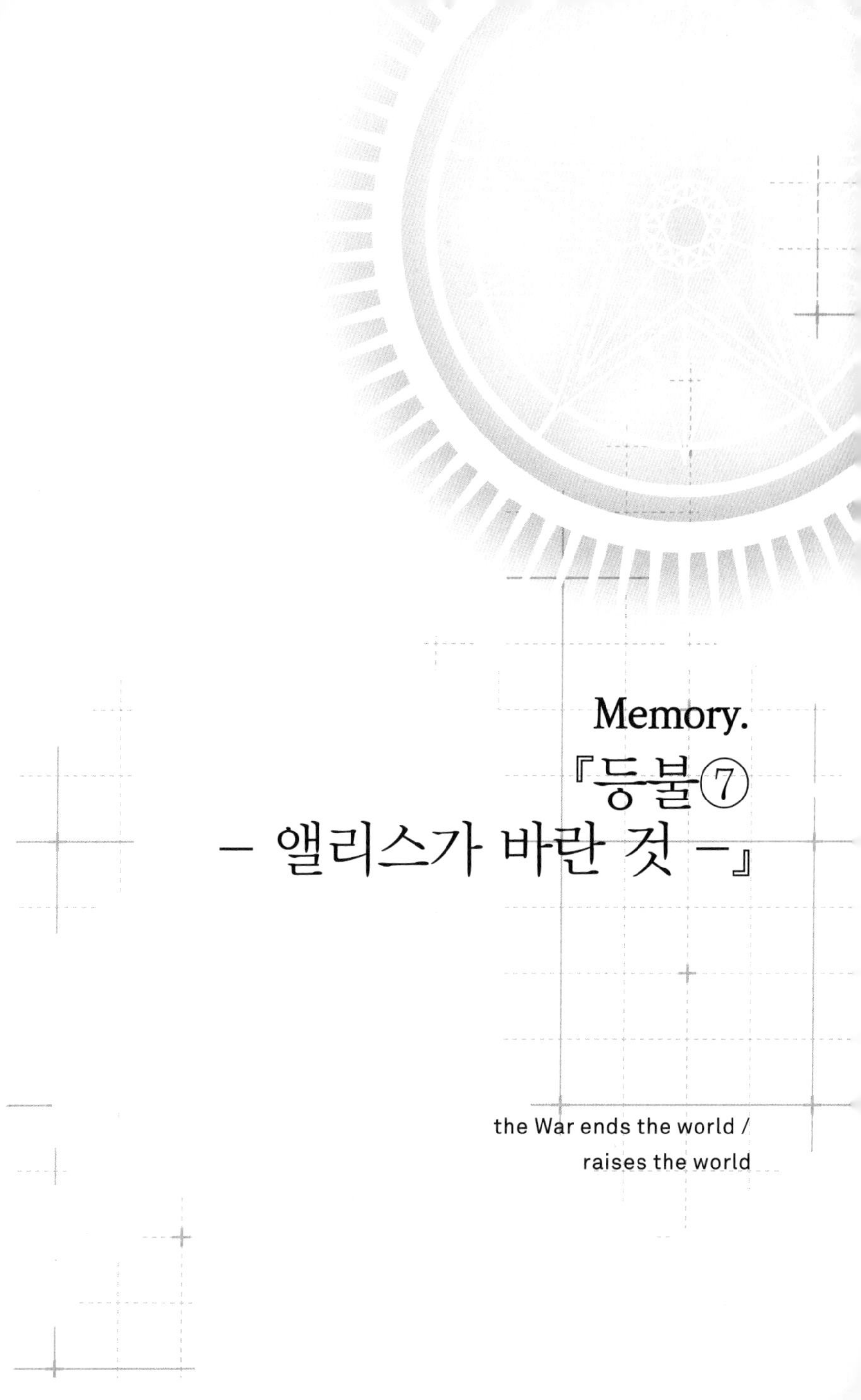

Memory.
『등불⑦
– 앨리스가 바란 것 –』

the War ends the world /
raises the world

1

10년 후의 세계——.

제국령의 머나먼 북쪽에는 성령 오염자들이 건국한 작은 나라가 있었다.

성령 오염자들은 지난 10년 사이에 성령의 힘을 제어하는 기술을 찾아냈고, 자기들을 성령술사라고 부르게 되었다.

그들을 이끄는 사람은 대마녀 네뷸리스.

고로 그 소국의 이름은 그녀의 이름을 따서 네뷸리스 황청이 되었다고 한다.

——그 모든 것이.

——크로스웰 게이트 네뷸리스에게는 마치 어제 일처럼 순식간에 이루어졌다.

10년 동안.

네뷸리스 자매가 소국을 발전시키는 사이에 제국에서는 새로운 수도 건설이 시작되고 있었다.

제도 융메룽겐.

새로운 천제의 이름을 딴 수도인데, 그 실태는 개발이 아니라 부흥이었다.

대마녀 네뷸리스의 반역으로 불바다가 되었던 제도는 이제 융 메룽겐의 명령으로 내열재 빌딩의 숲으로 다시 태어나고 있었다.

그 도시의 한구석에서.

"이봐, 들었어?"

경비를 서는 제국 병사들의 속삭임이 여기저기서 들려왔다.

"동해안에 새 볼텍스가 생겨났대. 서쪽의 중립도시에서도 발견 됐고."

"날이 갈수록 마녀의 숫자가 늘어나고 있군. 주변 국가들이나 제국의 동맹국에서도."

"그 녀석들이 네뷸리스 황청으로 이주하는 건가?"

"그래. 마녀의 나라의 인구가 해마다 갑절로 늘고 있어. 이대로 계속 커지다가는 언젠가는 엄청난 대국이 될 거야."

그런 말들에 듬뿍 담겨 있는 경계심.

성령 오염자들을 쫓아낸 자들이, 네뷸리스 황청이 강대해지는 것을 두려워하는 것은 너무나 당연한 심리였다.

"…………."

그런 제국 병사들 집단을 가로질러.

크로스웰은 두 자루 검을 가지고 묵묵히 대로를 따라 나아가고 있었다.

목에는 성령 에너지를 봉인하는 밴드를 붙인 채.

이것이 어쩌다 벗겨지기라도 한다면, 성령 에너지가 검출되어 즉시 자신도 제국에서 쫓겨나게 될 것이다.

"――――――."

천수부로 향했다.

10년 전에는 비밀의 샛길로 들어갔던 건물이지만, 이제는 입장이 달라졌다.

사도성 크로스웰. 천제의 호위라는 직책을 받은 자신을 본 순간, 정문 앞에 있던 경비원이 길을 비켜줬다.

그대로 천제의 방으로 갔다.

다다미가 쫙 깔린 그곳에 한 발 들여놓자마자 짙은 골풀 냄새가 코를 찔렀다.

"다녀왔어."

그러자 그 방의 주인은 작디작은 숨소리로 대답했다. 곤히 잠든 숨소리였다.

『――――――.』

다다미 위에 동그랗게 웅크리고 누워 있는 은발 수인.

커다란 귀와 꼬리를 숨김없이 드러낸 채, 아기 고양이처럼 몸을 동그랗게 말고 잠자는 중이었다. 이 행위에도 이유가 있기에 "일어나!"라고 가볍게 말할 수는 없었지만.

"태평하게 잠자고 있는 네 얼굴을 보니까 괜히 화가 난다."

『――――――.』

"이봐, 융메룽겐. 역시 어렵구나. 사람들 마음속에 뿌리내린 공포심은 그리 쉽게 없앨 수가 없어. 10년이나 시간을 들여도."

지난 10년 동안.

제국 사람들은 여전히 대마녀 네뷸리스를 두려워하고, 그녀의 동료인 마녀들을 몹시 싫어했다. 과거에 제도가 잿더미로 변했던 체험을 잊지 못하는 것이다.

그리고 그것을 선동하는 자들도——.

"팔대장로. 아, 지금은 팔대사도인가."

제국 의회를 지배하는 권력자들도 건재했다.

여덟 명의 현자들은 여전히 제국 의회에서 강한 영향력을 계속 행사하고 있었다.

천제 융메룽겐은 남들에게는 얼굴을 보여주지 않는다.

신하들의 신뢰를 쌓는 데에는 한계가 있었으므로, 융메룽겐은 아직 제국 상층부를 지배하는 팔대사도를 완벽하게 제압하지는 못한 것이다.

"융메룽겐. 그래도 나는 지난 10년이 의미가 있었다고 생각해."

대답하지 않는 천제에게 고했다.

자신이 가지고 있는 한 쌍의 검을 힐끗 보더니.

"**성검**이다. 네가 원했던 물건이 드디어 완성됐어. 별의 백성도 이보다 나은 것은 더 이상 만들지 못한다고 했어. 이게 있으면……."

한순간 머뭇거렸다.

그다음 말을 할지 말지 망설였는데, 그 1초도 안 되는 공백의 시간에——.

경보음이 천제의 방에 울려 퍼졌다.

"……윽. 뭐지?"

경보 발신지는 천수부가 아니었다.

천수부였다면 천제의 방에 자동 음성이 흘러나왔을 것이다. 그렇다면 천수부 바깥. 제도 어딘가에서 경보가 울린 것이다.

……불쾌한 소리였다.

……이제는 두 번 다시 듣고 싶지 않았는데.

인생에서 세 번째로 듣는 경보의 사이렌 소리였다.

첫 번째는 「별의 배꼽」에서 성령이 분출했을 때 채굴장에서.

두 번째는 제도가 불바다가 되었을 때.

그리고 지금.

지난 두 번이 몹시 처참했으므로, 제도에 울려 퍼지는 사이렌은 불길하게 느껴졌다.

"……나갔다 올게. 아무 일도 일어나지 않기를 진심으로 빌고 있다만."

계속 자는 천제에게 그런 말을 건네고 나서.

크로스웰은 서둘러 천제의 방을 떠났다.

2

기시감이 아니라 기청감(旣聽感).

그렇다. 천수부에서 들었을 때부터 은근히 오한에 가까운 감각을 느꼈었다.

울려 퍼지는 사이렌.

쿵, 쿵 하고 가슴의 고동이 빨라지는 와중에 밖으로 나가서 크로스웰이 본 것은, 하늘을 태울 듯한 기세로 솟구치는 검은 연기였다.

――제도가 불타고 있었다.

10년 전의 기억이 저절로 되살아났다.

불타는 구역은 한 군데인 것 같았지만, 빌딩들 사이로 언뜻언뜻 보이는 불길과 검은 연기를 쳐다보면서 **그 마녀**를 떠올리지 않는 사람은 하나도 없을 것이다.

"……저건, 설마?!"

그럴 가능성은 낮았다.

왜냐하면 「그 사람」은 10년 전 제국을 탈출하여 새로운 나라를 건설했으니까.

이제 와서 제국을 습격해봤자 무슨 소용이 있단 말인가.

"……내 직감은 안 맞는다. 제발 그렇다고 해줘!"

대피할 곳을 찾아 도망치는 주민들이 대로를 가득 메우고 있었다.

10년 전의 트라우마.

제도에서 타오르는 불꽃은 자연스럽게 그때 그 대마녀 네뷸리스를 상기시켰을 것이다.

"크윽…… 잠깐만, 비켜줘!"

도망치는 주민들과는 반대 방향으로.

크로스웰은 타오르는 불꽃을 향해 정신없이 인파를 헤치고 달렸다. 그러다가 저도 모르게 새된 소리를 지를 뻔했다.

――널빤지처럼 가볍게 뒤집힌 제국군 전차.

――무장한 제국 병사들이 도미노처럼 우르르 쓰러져 있었고.

――반파된 빌딩들.

10년 전과 같았다.

제국의 거리가 파괴되고, 제국군이 아주 쉽게 유린당하는 이 광경.

그 머리 위에는.

검은색 외투를 걸친 에브 소피 네뷸리스가 있었다.

10년 만에 재회했다.

친척 누나 에브는 10년 전과 전혀 달라지지 않은 조그만 소녀의 모습이었다. 성령과 융합하는 바람에 육체에 흐르는 시간이 거의 완전히 정지해버린 것이리라.

"……불길한 예감이란 것은 떠올리지도 말아야 해. 쉽게 적중하니까."

쥐 죽은 듯 조용해진 거리.
제국 병사들은 쓰러졌고, 민중은 모두 다 대피했다.
"……오랜만이네. 에브 누나."
단둘이 있는 그곳에서.
크로스웰은 과거의 가족의 이름을 불렀다.
"크로. 머리가 길었구나."
갈색 소녀가 지상으로 내려왔다.
겨우 몇 미터를 사이에 두고 마주 섰는데…… 그때 비로소 깨달았다.
새빨갛게 부은 에브의 눈가.
10년 만에 본 친척 누나는 마치 굵은 눈물을 줄줄 흘린 것처럼 붉게 부어 있었다. 그 눈물이 다 마르기도 전에 분진과 검은 연기가 달라붙어서――.
에브는 검은 눈물을 흘린 것처럼 보였다.
물론 신경 쓰였다.
신경 쓰였지만, 우선 다른 것부터 물어봐야 했다.
"에브 누나, 도대체 무슨 생각을 하는 거야?"
파괴된 주변의 상황을 새삼스럽게 살펴봤다.
……이제야 겨우 제도 부흥이 시작됐는데.
……제국 주민들도 지금부터 비로소 마음의 상처를 치유하게 될 터였는데.
모든 것이 물거품이 되었다.

대마녀 네뷸리스를 제국 사람들이 떠올림으로써, 또다시 제국에서는 마녀와 마인에 대한 박해가 더 심해져버릴 것이다.

"이런 나라에는 두 번 다시 안 오는 거 아니었어? 앨리스 누나와 함께———."

"앨리스는 이제 없어."

그 말의 의미를.

크로스웰은 이해할 수 없었다.

……앨리스 누나가 이제 없다고?

……무슨 말을 하는 거야, 에브 누나. 누나랑 같이 살고 있잖아.

그 자매가 제국을 탈출해서.

그 자매가 네뷸리스 황청이라는 소국을 건설했을 것이다. 제국에 남아 있는 자신은 자세한 사정은 알 수 없었지만, 초대 네뷸리스 여왕도 자매 중 하나이겠거니 하고 안심하고 있었다.

그 자매는 사이좋게 잘살고 있을 거라고 믿었다.

그렇다면——.

어째서 누나의 눈은 새빨갛게 부은 걸까.

어째서 누나의 눈가에는 굵은 눈물 자국이 남아 있는 걸까.

"…………."

심장이 확 조여들었다.

한순간 머릿속에 스친 최악의 예감. 이 세 번째 사이렌을 듣고 자신이 느꼈던 진정한 오한은, 에브의 습격 따위가 아니었던 것이다.

"…………거짓말이지……?"

"10년 전, 제국 병사의 총에 맞았을 때의 부상 때문이다."

누나가 눈가를 문질렀다.

"여왕으로 즉위한 후에도 앨리스는 계속 그 상처 때문에 괴로워했어. 그리고 그게 악화됐지. 내 성령의 힘은 우스울 정도로 무력했어."

"…………!"

말문이 막혔다.

너무나 갑작스러웠다. 그래서 말로 그 소식을 들어도 감정이 충분히 따라오지 못했다.

……하지만, 그랬구나.

……그래서 에브 누나가 여기 온 거였구나.

가장 사랑하는 여동생을 빼앗겼다.

빼앗아간 원흉은 제국의 총탄. 그래서 그 원수를 갚으려고 제국에 다시 나타난 것이다.

대마녀 네뷸리스로서.

"이제는 아무래도 상관없잖아? 거기서 비켜, 크로."

"……하나만 가르쳐줘."

제도의 거리를 노려보는 누나에게 크로스웰은 조용히 질문을 던졌다.

"앨리스 누나는 에브 누나가 복수해주기를 바랐어?"

"……뭐?"

"그건 아닐 것 같은데. 난 왠지 모르게 그런 생각이 들어. 여왕이 앨리스 누나였다는 이야기를 들은 순간부터."

네뷸리스 황청의 여왕은 동생 앨리스로즈였다.

그녀가 여왕이 되고 나서 지금까지는, 제국과 황청의 전면전은 아직 일어나지 않았다.

……앨리스 누나가 마음만 먹으면 전쟁은 일으킬 수 있었을 것이다.

……자신이 제국 병사의 총에 맞았으니까.

그러나 전쟁은 일어나지 않았다.

틀림없이 앨리스로즈 본인이 전쟁을 막은 것이다.

"크로."

분노를 눌러 죽인 나직한 음성.

"이것은 내 감정의 문제야. 내가, 내 의지로 제국에 복수한다. 그게 뭐가 나빠?"

"음, 그래. 그러니까 나도 내 의지로 부탁할게. 시간을 줄 수 없을까?"

"……시간?"

"나와 융메룽겐이 제국을 바꿀 거야."

"크로! 넌 아직도 그런 헛된 꿈에 사로잡혀 있는 거냐!"
갈색 소녀가 소리를 질렀다.
새빨갛게 부은 눈을 한껏 부릅뜨면서.
"10년이나 흘렀잖아! 그런데 아무것도 안 변했어!"
"맞아. 아직 부족한 거야. 증오가 풍화되기에는 10년이란 시간은 너무 적어."
성령술사가 제국의 박해를 잊기에는 시간이 부족했다.
제국 사람이 대마녀의 파괴를 잊기에는 시간이 부족했다.
"누나는 지난 10년 사이에 아무것도 변하지 않았다고 말했잖아? 하지만 아니야. 지난 10년 동안 나와 융메룽겐이 필사적으로 찾아온 것이 있어."
무엇이냐. 하고 친척 누나는 묻지 않았다.
어차피 다 헛소리야. 그렇게 믿고 있는 게 틀림없었다.
"——됐어. 비켜."
대마녀가 아무렇게나 손을 휘둘렀다.
성령의 바람이 일었다. 옆으로 들이치면서 덮쳐오는 돌풍. 그것이 아슬아슬하게 자신을 봐주면서 적당히 힘 조절을 한 기술이란 것은 금방 알 수 있었다.

그 바람을 흑강(黑鋼)의 검으로 베었다.

"?!"

손을 든 자세 그대로 대마녀 에브가 얼어붙은 것처럼 움직임을 멈췄다.

단순히 바람을 가른 것이 아니었다.

크로스웰이 까만 칼날로 벤 순간, 성령술 그 자체가 소멸해버렸다.

"……성령에 간섭한 건가? 크로. 그건 뭐냐."

"희망이다."

흑요석 같은 광택을 지닌 검은색 도신.

평범한 강철 칼날이 아니라는 사실은 에브라면 즉시 간파했을 것이다.

"지난 10년은 헛된 것이 아니었어. 나와 융메룽겐은 아직 제국을 바꿔놓진 못했어. 하지만 바꿀 수 있는 희망을 발견한 거야. 이 성검이라면, 별의 중추에 있는 재액을 해치울 수 있을지도 몰라."

"뭐?"

"재액을 해치우면, **이 지상의 모든 성령이 별의 중추로 돌아갈 거야**. 이게 무슨 뜻인지 알지? 누나!"

분명히 전해질 것이다. 에브는 다른 누구보다도 강한 성령을 지니고 있으므로.

이 성검이 그녀의 동생의 소원을 실현시켜줄 희망이 될 수 있다는 것을.

"그렇게 되면 성령술사에게 깃든 성령도———."

"그만해!"

소녀의 외침 소리가 텅 빈 빌딩가에 메아리쳤다.

"……야, 크로. 나는…… 나는…… 앨리스의 언니야!"

에브의 목소리에 오열이 섞였다.

여동생을 잃고 평생 흘릴 눈물을 다 흘렸던 그 눈에, 또다시 물방울이 맺히기 시작했다.

"앨리스가 눈앞에서 총에 맞았을 때도. 앨리스가 사라진 지금도. 그렇게 실현될지 말지 알 수도 없는 미래를 위해서, 나 혼자만 꾹 참으라는 거야?!"

"________."

"별의 중추에 원흉이 있다고? 그런 것은 내가 얼마든지 해치워줄 거야. 하지만 그보다는 제국이 먼저야. 제국을 멸망시키지 않는 한, 나는 앞으로 나아갈 수 없어!"

……톡.

메마른 아스팔트 위에 물방울이 떨어져 부서졌다.

"거기서 비켜, 크로!"

"안 돼, 비킬 수 없어!"

이 고집불통아!

사실 속으로는 언젠가 이런 일이 일어날지도 모른다고 생각했었다. 한쪽이 제국에 남고, 다른 한쪽이 제국을 떠난 순간부터 그런 예감은 들었다. 아니, 각오했었다.

별이 갈라놓은 운명의 소용돌이 속에서.

가장 사랑하는 누나와 동생이 격돌했다.

그 싸움을 끝까지 지켜보기 전에――.
시스벨 루 네뷸리스 9세의 「등불」이, 거기서 꺼졌다.

Epilogue.1
『세계 최후의 마녀』

the War ends the world /
raises the world

1

귀가 아플 정도로 지독한 정적.

그 누구도 말을 꺼내지 않았다. 모두가 무의식중에 숨을 죽이고 있는 듯한 긴박감이 천수의 지하 홀을 지배하고 있었다.

그러다가 마침내 그 정적이 깨졌다. 바닥에 무릎을 꿇은 시스벨의 한숨 소리로.

"……아…… 읏…… 허억………… 자, 잠깐만, 휴식을………… 등불로 계속 추적하려고 해도, 이 정도의 연속 재현은 한계가 있어요……!"

시스벨은 가슴팍에 손을 대고 심호흡을 했다.

그 손가락 사이에서 빛나는 성문은 마치 시스벨의 호흡에 동조하는 것처럼 심하게 깜빡거리고 있었다.

"수고했어요. 멋진 능력이었습니다, 시스벨 왕녀님."

어깨에 가볍게 손을 올리는 리샤.

"천제 폐하. 그 뒤의 내용도 필요하십니까?"

『필요 없어. 멜른이 보고 싶었던 것은 충분히 봤으니까. 이미 크게 만족했어.』

풍성한 털로 뒤덮인 꼬리를 살랑거리는 수인.

그 입가에서는 사나운 짐승의 이빨이 언뜻 보였다.

『아아, 다행이다. 역시 팔대사도였구나. 그때 제도에 불을 지른 것은. 이로써 마음 놓고 그놈들을 처단할 수 있겠어. ──자, 이제 사정은 이해했지? 흑강의 후계자.』

"!"

무의식적으로 이스카는 자세를 바로 했다.

흑강의 후계자.

그것이 자신을 가리키는 말이란 것은 알고 있었고, 천제나 팔대사도가 자신을 그렇게 부른다는 것도 자각했다.

그러나──.

그 의미를 「무겁다」고 느낀 것은 이 순간이 처음이었다.

"……스승님은 아무것도 가르쳐주지 않으셨습니다."

『크로는 100년 사이에 점점 과묵해졌거든. 본인 말로는 「누나와 싸우고 헤어진 것」의 영향이 의외로 컸나 봐.』

이스카는 아무것도 몰랐다.

크로스웰이라는 자신의 스승님이 성령을 가지고 있다는 것도.

그 시조 네뷸리스와 누나 동생 사이이면서도, 제국을 지키기 위해 격돌했다는 것도.

……하지만 이제야 겨우 이해했다.

……그때 시조가 내 성검을 보고 놀랐던 이유가 그것이었구나.

중립도시 에인 근교에서.
이제 막 눈을 뜬 시조는 이스카의 성검에 대해 특별한 집착심을 보여줬었다.

"**그리운** 검을 손에 들고 있구나."
"그 검을 크로스웰 이외의 남자가 다루는 것은 불가능할 테지. 그놈 마음을 이해하기 어렵군. 이런 근본 없는 졸병에게 성검을 맡기다니."

그립다는 말의 의미――.
그것은「재대결」을 의미하는 것이었다. 시조 네뷸리스의 입장에서는, 성검을 손에 든 검사와 싸우는 것이 두 번째였기 때문이다.
단, 이스카는 성검의 경위는 아직 몰랐다.
……스승님과 시조의 대화.
……별의 중추에 있는 재액을 해치울 수 있다고? 하지만 재액이라니, 애초에 그게 뭔데……?
스승님은 말했었다. 그것이 바로 희망이라고.
앨리스라는 소녀의――.
세계 최초의 마녀 중 한 명이자. 시조의 쌍둥이 여동생이자. 끝까지 제국과의 전면전을 계속 염려하던 초대 네뷸리스 여왕의 소원을 실현시켜줄 희망.

그것이 이 성검이라고 했다.
"……어휴, 진짜."
이스카는 이마를 손으로 짚으면서 한숨을 크게 내쉬었다.
"도대체 왜 그 사람은 항상 중요한 것만 말을 안 하는 걸까?!"
"저기, 이스카 군……?"
미스미스 대장이 조심스럽게 입을 열었다.
"시스벨 씨의 성령술에 의해 등장한 앨리스로즈라는 예쁜 아이…… 네뷸리스 황청의 초대 여왕이지? 앨리스라고 불리던데."
"……네. 아마 그럴 거예요."
"있잖아, 나 **그 사람과 이름도 생김새도 똑같은 사람**을 알고 있는데. 그게 우연일————————————————꺄악?!"
그 말은 도중에 지워져버렸다.
쿠웅!
발밑에서 올라오는 강한 진동. 지하 홀에 있는 사람들 전원이 일제히 긴장했다.
공간이 엄청나게 위아래로 흔들리면서 천장의 조명이 심하게 명멸했다.
대지가 무시무시한 기세로 흔들리고 있었다. 그것도 폭발 같은 일시적인 것이 아니라서, 수십 초나 지났는데도 진정될 기미가 보이지 않았다.
"무, 무슨 일이죠?!"
바닥에 손을 대고 엎드린 시스벨이 충동적으로 소리를 질렀다.

"서, 설마…… 이런 과거를 봤기 때문에, 시조님의 습격이 현실이 돼버린 건가요?!"

"그건 너무 작위적인 스토리이지."

천장을 우러러보는 진.

"시조든 성령 부대든 뭐든 간에, 그놈들이 쳐들어올 거면 지상으로 올 거다. 이 흔들림은 지저에서 발생한 거야."

"하, 하지만, 진?! 우리가 있는 곳도 지하 2,000m이거든요? 이보다 더 밑에 무엇이 있다는 거죠?!"

『**별의 배꼽.**』

천제 융메룽겐의 한마디.

거의 혼잣말에 가까운 성량이었지만, 그 한마디는 요란한 땅울림 소리보다도 훨씬 더 날카롭게 홀에서 메아리쳤다.

『시스벨 왕녀도 분명히 봤을 텐데. 100년 전에 제도에서는 지하 5,000m까지 터널을 뚫고 성령 에너지를 채굴했다는 것을.』

"하, 하지만, 그 구멍은 이미 막았잖아요?!"

『제국 의회로 막았지.』

"……네?"

『100년 전 별의 배꼽이라고 불렸던 커다란 구멍에는 말이지, 오늘날에는 제국 의회라는 지하 시설이 자리 잡고 있어.』

가라앉지 않는 진동 소리.

머나먼 지저에서 태어나는 거대한 「힘」을 내려다보면서 천제 융메룽겐은 바늘처럼 눈을 가늘게 떴다.

『팔대사도의 소굴인데. 대체 무슨 일이 일어났을까?』

2

제국 의회.

별명 「보이지 않는 의사(意思)」.

그 어떤 지도에도 의사당 위치가 표시되어 있지 않아서 그런 이름이 붙은 것이다. 그 장소는 상사가 부하에게 구두로 알려주며, 결코 기록으로 남기지 않는다.

——지하 5,000m의 제국 최심부.

과거에.

그곳에는 「별의 배꼽」이라고 불리는 지하 채굴장이 있었다.

그 의사당 내부에는 새빨간 경고 램프가 켜져 있었다.

역사상 전례가 없는 침입자.

중앙 기지의 엘리베이터를 경유해야지만 이 제국 의회에 도달할 수 있다.

그리고 「마녀」는——.

제국군 중앙 기지에서 당당하게 직접 쳐들어왔다.

『중앙 기지에서의 연락이 끊겼다.』

『정면 돌파…… 아니, 설마 괴멸된 건가……? 통신팀조차 남김

없이 전부 다?』

일곱 개의 모니터에 떠오른 남녀의 모습.

선대 천제를 모셨던 여덟 명의 현자들, 아니, 정확히 말하자면 그들의 전뇌체였다.

100년 전에는 성령 에너지를 추구했었고, 현재는 성령을 능가하는 존재의 힘을 추구하면서 별의 중추를 목표로 하는 현자들.

루크레제우스를 잃은 지금은 일곱 명이 되어버렸지만.

『믿을 수 없어…….』

『자네가 한 짓인가? 일리티아 군.』

아하하.

요염하게 울려 퍼지는 웃음.

여신처럼 우아하고 사랑스럽고, 또 악마처럼 고혹적인 마녀의 목소리가 들려왔다.

"아하…… 아하하…… 정말로 기분이 좋아."

에메랄드빛 머리카락의 마녀가 의사당 천장에서 내려왔다.

강철 벽을 통과해서.

마치 유령같이. 인간의 육체로는 불가능한 현상을 아무렇지도 않게 실현시키면서, 여신 같은 미모의 마녀가 내려섰다.

팔대사도의 눈앞에.

새까만 웨딩드레스를 입은 마녀 일리티아.

네뷸리스 황청의 의상이 아니었다.
비유하자면 새까만 안개를 응축시킨 것처럼 검은 의상이었다.
맨살을 절반 이상 드러낸 육감적인 디자인인데, 거기서 느껴지는 것은 등골이 오싹해지는 허무감이었다.
『의상을 갈아입은 건가.』
“네. 이게 더 마녀답다고 생각해서.”
뺨을 붉히며 고개를 끄덕이는 일리티아.
이상하리만치 고양된 말투와, 녹아내릴 듯한 눈빛으로.
“후후. 아하하…… 미안해요, 팔대사도 여러분. 당신들이 원했던 그것(재액)은 제 육체가 마음에 들었나 봐요.”
『일리티아 군. 아니, 피험자 E. 켈비나가 걱정했던 대로야. 별의 중추에 잠들어 있는 그것의 힘에 적응할 소질이 있었어. 자네는.』
『자네는 이 별에서 궁극의 힘을 손에 넣은 것이다.』
극소수의 존재들만 알고 있는 진실.
——별의 중추에는, 성령을 능가하는 힘을 지닌 재액이 잠들어 있다.
팔대사도는 그것을 동경했다.
천제와 시조는 100년 전에 그것과 접했지만 **결국 완전히 적응하진 못했다**. 그래서 한 사람은 모습이 변했고, 한 사람은 자아를 잃을 뻔했다.
『과거에 자네는 이런 말을 했었지. 만약에 그것의 힘을 손에 넣는다면, 진정한 마녀가 되고 싶다고. 궁극이자 절대이고 유일한,

세계 최후의 마녀가 되고 싶다고.』

"네."

『황청을 변혁시키고 싶다는 말을 했었지. 타고난 성령의 가치로 인간의 가치가 결정되는 황청을, 진짜 평등한 성령술사의 낙원으로 바꾸고 싶다고.』

"네. 그러니까 우선은——."

마녀가 양팔을 벌리더니.

풍만한 가슴을 과시하듯이 몸을 뒤로 젖히면서, 흥분을 감추지 못하는 어조로 말했다.

"팔대사도는 이제 필요 없어."

『————.』

『……지금 뭐라고 했나?』

"어머나, 왜 이래요. 다 알면서."

쿡쿡 웃는 마녀.

"내가 완전히 그것과 동화되어버리면 더 이상 당신들 팔대사도도 감당하지 못하게 될 테니까. 그래서 그렇게 되기 전에 켈비나에게 명령해 나를 처분하려고 했지. 또 비장의 무기로서 내 동생 시스벨을 붙잡아 인질로 삼았다. 안 그래요? 그러면 내가 건드리지 못할 거라고 생각해서."

이중 삼중의 계책이 실패로 끝난 것이다.

켈비나의 연구소에서 일리티아는 도망쳐 나왔다.

또 마찬가지로 연구소에 갇혔던 시스벨도 제907부대에 의해 구출됐다.

"물론 약속은 지킬 거예요. 천제도 시조도 제국도 황청도, 전~부 다 내가 부숴버릴 테니까. 아주 아름답게 다시 만들어드릴게요."

요염한 입술에서 흘러나오는 파멸의 대사.

"잘 자요. 어리석은 힘의 구도자들."

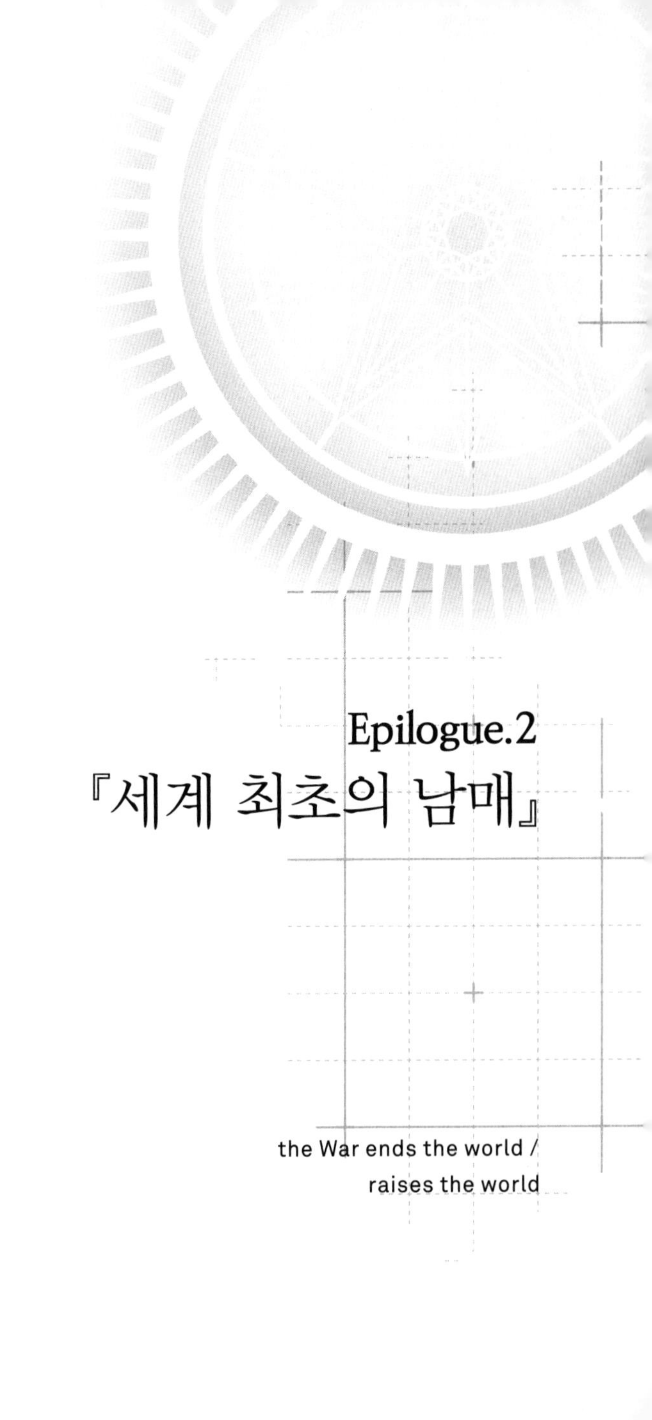

Epilogue.2
『세계 최초의 남매』

the War ends the world /
raises the world

제국령, 국경 검문소.

입국하는 차량이 수십 대나 줄지어 검사장 앞에서 멈춰 서 있었다.

제국과 외부를 갈라놓고 있는 검문소. 이곳에는 제국군도 상주하고 있고, 대형 성령 에너지 검출기가 여기저기 설치되어 있었다.

그 검출기가──.

전례가 없을 정도로 엄청난 소리를 내면서 강한 마녀의 접근을 계속 알리고 있었다.

몇십 초나. 몇 분이나.

그러나 이곳으로 달려와야 할 제국 병사는 한 명도 나타날 기미가 안 보였다.

"……철수한 건가. 최선의 판단이군."

화염에 휩싸인 보안 검사장.

벽면이 엉망으로 부서져 붕괴되어가는 시설을 올려다보면서 그렇게 중얼거리는 검은 옷의 사나이가 있었다.

흑강의 검투사 크로스웰.

과거에는 사도성 서열 제1위였고, 이스카의 스승이었으며, 성검 소유자였던 남자. 그가 걸어가는 방향의 끝에는 지름이 수십 미터쯤 되는 구덩이가 있었다.

"……**자다가 깬 직후에는 꼭 성질을 부리더라**. 100년이 지났어도 변하질 않는구나."

미사일 직격이라도 당한 듯한 파괴의 흔적.

단 한 명의 마녀가 발동시킨 「인사치레」 수준의 성령술. 그 어마어마한 위력 앞에서, 이곳에 상주하던 제국군은 어쩔 수 없이 철수했다.

그게 정답이었다.

현재 있는 무기와 인원을 총동원해서 맞서 싸워봤자 어차피 그녀에게는 상대도 안 된다.

"세상에서 제일 흉포하고 고집이 센 여자이니까. 나도 실은 만나고 싶지 않아. 내 몸도 완벽과는 거리가 먼 상태이니까. 안 그래도――…… 윽!"

눈을 크게 떴다.

두근두근.

뼛속부터 타오르는 것 같은 열기와 욱신거림. 이스카의 스승 크로스웰은 그 자리에서 어금니를 꽉 깨물었다.

"으, 쯧…… 이래서, 문제라니까……."

거부반응의 빈도가 점점 증가하고 있었다.

이 몸에 깃든 성령이, 별의 중추에서 서서히 눈을 뜨고 있는 그것을 무서워하기 때문에. 융메룽겐은 그렇게 설명했었다.

"……팔대사도……."

제국을 물밑에서 지배하고 있는 최고 권력자들을 향해 말했다.

"너희들은 이런 내 꼴을 보고도, 아직도 그것이 훌륭한 힘이라고 주장할 셈이냐……."

100년 전.

별의 배꼽에서 솟아나온 것은 **두 가지였다**.

하나는 성령.

또 하나는 별의 중추에 자리 잡고 있는 재액. 이것이 바로 팔대사도가 추구하는 「성령을 능가하는 성령」이었는데.

"이런 나를 보고도…… 아직도 그 재액이 이상적인 힘이라고, 주장하고 싶어……?"

제어할 수 있는 것이 아니다.

천제 융메룽겐이 변모한 것도, 그 재액의 힘을 접했다가 완전히 적응하지 못해서 나타난 거부반응. 그 사실을 알게 된 것은 자신이 성검을 발견한 이후였다.

모든 성령술사는——.

별의 중추에 있는 「대성재(大星災)」에게 저항하지 못한다.

자신도 예외는 아니었다.

성검이 있어도, 그 성검을 쥐는 사람이 자신이라면 이길 수 없다는 사실을 깨달았다.

그래서——.

별의 재액에게 도전하기 위해, **성령술사가 아닌 인간**을 찾아내고 싶었다.

크로스웰은 쭉 찾아 헤맸다.

앨리스로즈 누나와 사별하고, 에브 누나와 싸웠다가 헤어진 후 계속해서.

"이스카."

그 멍청한 제자는.

자신이 했던 말을 지금도 기억하고 있을까.

"이스카, 넌 내가 고른 후보 중에서 마지막으로 데려온 인간이야. 솔직히 말하마. 네가……."

"네, 말씀하세요!"

"네가 제일 성공할 가망이 없어 보였거든."

"너무 솔직한 거 아니에요?!"

"네가 나랑 제일 비슷했어. 그러니까 제일 가망이 없다고 생각한 거야."

그러나 도중에 생각이 달라졌다.

자신의 후계자를 선택할 때, **누구를 선택하면 자신의 친척 누나 앨리스로즈가 제일 기뻐할까**. 그렇게 생각했을 때 떠오르는 사람은 이스카밖에 없었다.

그가 후계자에게 원하는 재능은 「머리가 나쁜」 것.

예를 들면──.

제국과 황청의 평화가 실현될 수 있을 거라고 진심으로 믿을 정도로 한없이 낙천적인 인간이고.

예를 들면──.

제국 사람이면서도, 감옥에 갇힌 마녀를 내버려 두지 못해서 탈옥시켜줄 정도로 태평한 평화주의자인 사람.

"다들 이제 그만하세요!"

"제발 우리 이야기를 들어줘요. 이런 싸움은 아무도 원하지 않잖아요!"

100년 전.

그 전장에 이스카 같은 제국 병사가 있었더라면 미래는 달라졌을까. 어쩌면 총을 겨누지 않고 손을 내밀었을지도 모른다.

그래서 선택했다.

……웃기지? 앨리스 누나.

……이런 녀석이 아직 제국에 남아 있어. 어때, 이 녀석이라면 앨리스 누나도 안심할 수 있지?

도박을 해보고 싶어졌다.

이 제국 사람에게 성검을 맡겨보고 싶다고 생각했다.

"잊지 마라, 이스카. 네 적은 성령술사가 아니고, 황청이라는 거대한 국가도 아니야. 네가 진정으로 도전해야 할 상대는——."

성검을 쓰지 않으면 쓰러뜨리지 못하는 상대가 있다.

이 별의 중추에.

"그러니까 **이쪽**은 내 역할이다."

하늘을 우러러봤다.

빨려 들어갈 것처럼 깊디깊은 푸른색 하늘에 외롭게 떠 있는 검은 그림자.

그것은 갈색 소녀였다.

"————."

시조 네뷸리스.

과거에 싸우고 헤어졌던 친척 누나는 풍성한 금빛 머리카락을 바람에 날리면서 이쪽을 내려다보고 있었다.

"크로, 너 늙었구나."

"성숙해졌다고 말해줘."

100년이라는 시간.

성령과 완전히 융합한 에브는 여전히 소녀였고.

성령과의 융합 수준이 낮은 크로스웰은 천천히 육체가 나이를 먹어가고 있었다.

"……크로. 또 그때랑 같은 거냐."

험악한 눈빛으로, 분노에 찬 음성으로 말하는 시조.

"나를 방해할 생각이냐."

"나랑 같이 잡담이나 좀 하자."

"…………뭐?"

눈썹을 쓱 치켜올리는 친척 누나와 마주 보면서.

아주 충분한 여운을 남긴 뒤, 크로스웰은 말을 이었다.

"오랜만에 이야기를 해보자. 누나. 그 누구의 방해도 없이, 남매 둘만의 이야기를."

후기

"……나는 못난 언니이니까."

『너와 나의 최후의 전장, 혹은 세계가 시작되는 성전』(너와 나의 전장) 제11권을 읽어주셔서 감사합니다!

마침내 시스벨의 「등불」이 진가를 발휘하는 에피소드입니다.

그동안 시스벨은 히드라에게 붙잡히거나 제국 연구소에서 인질이 되는 등 불행한 일들을 겪었는데요. 그것은 다시 말해 그만큼 다방면에서 위협적인 소녀였다는 뜻일 겁니다.

그런 등불의 재연에 의해――.

이 11권에서는 예외적으로 주인공은 이스카가 아닙니다. 그럼 누구인가 하면…… 그것은 11권을 읽어주신 분들의 감상에 따라 달라질 거라고 생각합니다.

천제가 말했듯이 100년 전(이 이야기)은 결별(배드 엔딩)입니다.

그 결별이 진짜 결별로 끝나지 않도록, 각자 선택한 길은 달라도 최선을 다해 계속 발버둥 쳤던 소년과 소녀가 있었기 때문에. 현대의 『너와 나의 전장』으로 배턴이 넘겨진 것이 아닐까요.

이야기도 이제 슬슬 후반전입니다.

100년 전과 현재의 그들이 앞으로 나아가는 과정을 부디 지켜봐주시길 바랍니다!

▶TV 애니메이션『너와 나의 전장』에 관하여

애니메이션 방송은 어떠셨나요?

실은 제 작품이 애니메이션으로 제작된 것은 처음이었거든요. 정말 모든 것이 완벽한 3개월이었습니다.

애니메이션에 참여해주신 모든 분들, 애니메이션을 봐주신 모든 분들에게 이 자리를 빌려 인사를 드립니다. 감사합니다!

그리고 애니메이션 BD/DVD도 총 3편이 인기리에 발매 중입니다!

특전 미공개 단편도 열심히 썼는데――이를테면 BD/DVD 1편의 「금장(禁章) 시조」는 시조 에브가 이스카&앨리스와 싸웠을 때의 상황을 「에브 시점에서」 묘사한 이야기입니다. 이 11권을 읽은 후에 읽어보시면 더 깊은 맛을 느끼실 수 있게끔 이야기를 써봤습니다.

시조라고 불리게 된 에브의 마음속 깊은 곳에 있는 갈등――.

괜찮으시다면 한번 살짝 봐주세요.

물론 2021년에 나오는『너와 나의 전장』도 더욱 전력을 다해 전진할 예정입니다!

네, 그럼 여기서 여러분에게 알려드릴 소식 하나――.

올해『너와 나의 전장』과 함께 꼭 읽어주시기를 바라는 새로운 시리즈가 있거든요. 여기서 소개하고 싶습니다!

▶MF 문고 J『신은 게임에 굶주렸다.』, 다음 권 결정!

인류vs신들의 판타지 두뇌 싸움.

인류 측의 승리 조건은「신들의 게임에서 10승을 하는 것」. 인류의 역사상 완전 공략자는 아직 한 명도 없음. 그런 불가능에 도전하는 소년의 이야기——.

그 제2권이 5월 25일(화)에 간행됩니다!

실은『너와 나의 전장』11권 발매일의 다음 주입니다. 게다가『너와 나의 전장』11권과『신은 게임에 굶주렸다.』2권을 둘 다 구입하시면, 이 시즌 한정으로 특별 미공개 단편을 보여드리는 콜라보 기획도 실시하기로 했습니다!

자세한 내용은『너와 나의 전장』11권 띠지를 통해 확인해주세요.

아직 안 읽어보신 분들도 이번 기회에 부디 같이 읽어주시면 좋겠습니다!

자, 이제 후기도 거의 끝나가네요.

최고로 멋진 천제를 그려주신 네코나베 아오 선생님, 감사합니다!

그리고 담당자 O님, S님. 애니메이션 방영 및 소설 원작에 관해서도 날마다 늘 신세를 지고 있습니다. 앞으로도『너와 나의 전장』을 계속 도와주시길 바랍니다. 잘 부탁드릴게요!

다음 권인 『너와 나의 전장』 12권.

제국이, 황청이, 시조가, 스승이, 천제가. 온갖 힘과 이상(理想)이 소용돌이치는 전장에서 이스카와 앨리스는 다시 만난다. 그곳에서 두 사람이 본 것은———.

네, 그럼——.

5월 25일, MF 문고 J 『신은 게임에 굶주렸다.』 2권(이제 곧 나옵니다!).

가을 출간 예정인 『너와 나의 전장』 12권.

거기서 다시 만나요, 여러분.

따뜻한 봄날에, 사자네 케이

※ 끝으로 팬레터에 대한 감사 인사

작년에 편지를 보내주신 M님——『너와 나의 전장』 『세계록(앙코르)』 『월드 에너미』 『어째서 나』에 관한 감상문과 입욕제, 증기 아이마스크 등의 선물을 보내주셔서 감사합니다!

보내주신 편지에는 답장을 보낼 주소가 적혀 있지 않아서…… 작년에 답장을 보내드리지 못해서 죄송합니다만, M님이 보내주신 물건들은 지금도 소중히 잘 쓰고 있습니다!

너와 나의 최후의 전장, 혹은 세계가 시작되는 성전 11

2023년 3월 15일 1판 1쇄 발행

저 자 사자네 케이
일러스트 네코나베 아오
옮 긴 이 한수진
발 행 인 유재옥
본 부 장 조병권
편 집 1 팀 김준균 김혜연
편 집 2 팀 박치우 정영길 정지원 조찬희
편 집 3 팀 오준영 이해빈
편 집 4 팀 박소영 전태영
라이츠담당 김정미 맹미영 이윤서
디 지 털 김지연 박상섭
미 술 김보라 박민솔
발 행 처 ㈜소미미디어
인쇄제작처 ㈜코리아피엔피
등 록 제2015-000008호
주 소 서울시 마포구 토정로222, 403호 (신수동, 한국출판콘텐츠센터)
판 매 ㈜소미미디어
마 케 팅 박종욱
영 업 박수진 최원석 한민지
물 류 허석용
전 화 (02)567-3388, Fax (02)322-7665

ISBN 979-11-384-3623-6 04830
ISBN 979-11-6190-511-2 (세트)